SILENCIO
EN
VERACRUZ

JOAN CARLES GUISADO

Diseño de la cubierta: ChatGPT

Corrección y estilo: Alejandra Inclán

Copyright © 2024 Joan Carles Guisado

All rights reserved.

ISBN: 9798340158475

Cuando una niña o niño vive Abuso Sexual, experimenta **dolor, sufrimiento y desconcierto**, pues no alcanza a comprender lo que está sucediendo. El hecho de que el agresor, en la mayoría de los casos, sea alguien cercano o incluso parte de su familia, contribuye a que **guarde silencio por miedo a que no le crean, lo culpen y se cumplan las amenazas del abusador**, que sabe cómo manipularlo para cumplir su voluntad, pues se estima que el 70% de ellos fueron abusados.

Fundación PAS.

JOAN CARLES GUISADO

Aviso legal:

Esta es una obra de ficción. Los nombres, personajes, lugares y hechos son producto de la imaginación del autor o se usan de manera ficticia. Cualquier parecido con personas reales, vivas o muertas, o con hechos reales, es pura coincidencia.

JOAN CARLES GUISADO

UNO

El calor de la tarde sofocaba la ciudad de Veracruz. Las gruesas cortinas de terciopelo rojo colgaban pesadamente, apenas dejaban que los rayos de sol se filtraran y el salón del obispado permanecía en penumbra El aire, cargado de incienso antiguo, hacía que respirar fuera un esfuerzo constante. El sudor perlaba la frente de los padres reunidos, mezclándose con la desesperación que llenaba la habitación. Las paredes, adornadas con retratos de santos de mirada severa y crucifijos de madera tallada, parecían caer sobre los padres congregados allí, asfixiándolos con una mezcla de santidad y opresión. Todos habían llegado con la esperanza de ser escuchados, de encontrar justicia para sus hijos, pero lo que encontraron fue indiferencia, una fria indiferencia.

El obispo, un hombre alto y delgado con una expresión de autoridad labrada en su rostro, estaba sentado en un gran sillón de cuero oscuro, con las manos entrelazadas sobre el regazo. Sus ojos, pequeños y calculadores, pasaban de un padre a otro, como si estuviera evaluando cuánto tiempo debía tolerar su presencia antes de desestimarlos.

—¡Exigimos justicia! —gritó Antonio, un hombre robusto con las manos agrietadas por el trabajo en el muelle, rompiendo el silencio pesado que había llenado la sala. Su voz, aunque fuerte, temblaba ligeramente, cargada de la desesperación de un hombre que había visto sufrir a su hijo—. ¡No podemos permitir que el padre Nicolás siga abusando de nuestros hijos!

El obispo hizo una pausa deliberada antes de responder. Medía cada palabra cuidadosamente para calmar a la multitud sin ceder en su control. Sabía que, si manejaba bien la situación, estos pobres terminarían aceptando su autoridad. Alzó una mano con parsimonia, pidiendo silencio, como si los padres reunidos frente a él no fueran más que niños malcriados que necesitaban ser disciplinados. Sus ojos calculadores pasaban de uno a otro, observando el nivel de rabia en cada rostro, buscando la grieta que le permitiera sofocar la rebelión antes de que comenzara. Cuando al final habló, su voz fue suave, pero cargada de una autoridad que no admitía discusión.

—Hermanos, los entiendo —dijo el obispo con una calma que solo incrementó la ira que hervía en el estómago de los padres—. Pero debemos ser prudentes en cómo manejamos esta situación. El padre Nicolás es un hombre de Dios, un hombre que ha dedicado toda su vida a la iglesia, que ha hecho mucho por introducir a los niños en la fe cristiana, y todos cometemos errores. No debemos permitir que estos incidentes manchen la reputación de nuestra iglesia.

Las palabras del obispo cayeron como una losa sobre los presentes. El ambiente, ya tenso, se volvió aún más cargado, casi eléctrico. Los murmullos se transformaron en un susurro inquieto, y algunos padres intercambiaron miradas de incredulidad y rabia contenida. Para ellos, esto no era un simple "incidente". Esto era un crimen, un acto monstruoso que había robado la inocencia de sus hijos.

Antonio dio un paso adelante, apretando los puños hasta que los nudillos se le pusieron blancos. Podía sentir cómo las lágrimas intentaban salir, pero él las reprimía. No era el momento de llorar, era el momento de exigir justicia.

El sudor le resbalaba por la frente, no era el calor lo que lo hacía sudar, sino la furia que luchaba por no desbordarse. Mientras hablaba, su mente viajaba a las noches en que su hijo despertaba llorando, presa de pesadillas que no se atrevería a describir. Era un dolor que Antonio no sabía cómo curar, un sufrimiento que ningún padre debería tener que soportar.

—¿Errores? —replicó Antonio, con la voz endurecida por la ira—. ¡Esto no son errores, señor obispo! ¡Estamos hablando de crímenes, de abusos contra niños inocentes! No podemos quedarnos callados mientras nuestros hijos sufren. Con el debido respeto, señor Obispo —Antonio se esforzaba enormemente en contener su enojo—, usted sabía desde hace mucho tiempo que el padre Nicolás era un pedófilo y no ha hecho nada por solucionarlo. No lo han apartado de la Iglesia y el sacerdote hace daño por donde va. Los padres de las víctimas somos los más pobres de la parroquia, pero nos merecemos el mismo respeto y la misma justicia que cualquier persona.

Los murmullos entre los padres se hicieron más fuertes. Uno de ellos, con la mandíbula apretada, levantó la mirada como si quisiera gritar y no pudiera encontrar las palabras.

El obispo mantuvo su compostura, aunque sus ojos se estrecharon apenas un poco, como si estuviera calculando cuánto tiempo más podría mantener a esos padres bajo control antes de que estallara la situación. En su mente, veía las posibles consecuencias si las familias decidían actuar fuera de su autoridad. También consideraba cómo podría neutralizar cualquier amenaza que ellos representaran.

—Lo que hizo el padre Nicolás fue un error

que él mismo lamenta con toda su alma, deben ser misericordiosos y perdonarlo. La misericordia, queridos hermanos, es lo que nos diferencia del resto. Somos hijos de Dios, y como tal, debemos mostrar compasión hacia aquellos que se equivocan. Es nuestro deber como cristianos. El padre Nicolás necesita nuestra oración, no nuestro juicio. El padre es un hombre enfermo —insistió el obispo, sus palabras bien escogidas para calmar los ánimos sin comprometer su posición—. Pero si esta situación se hace pública, los perjudicados serán ustedes y sus hijos. La sociedad es cruel y no perdona. Es mejor que todo esto se resuelva dentro del seno de la iglesia. Nosotros, como comunidad, podemos ofrecerles apoyo, terapia para los niños...

—¡No es suficiente! —gritó una madre desde el fondo de la sala, con la voz quebrada por el dolor—. ¡Queremos justicia, no palabras vacías!

La voz de la mujer resonó en la sala, arrancando un murmullo de aprobación entre los demás padres. Las lágrimas corrían por su rostro, pero no era un llanto de desesperación, sino de furia. Estaba cansada de ser ignorada, de que su dolor fuera minimizado por aquellos que se suponía debían proteger a su familia.

El obispo suspiró, como un maestro cansado de repetir la misma lección a alumnos que no la comprendían. Pensaba que estos padres estaban actuando irracionalmente, cegados por el dolor, incapaces de ver el panorama completo.

—Comprendan que la iglesia también tiene enemigos —dijo, con un tono casi condescendiente—. Hacer esto público sería darle armas a aquellos que desean destruir nuestra fe. Debemos ser cuidadosos.

Antonio intercambió una mirada con los demás padres. La desesperación era evidente en sus rostros, la determinación también. Sabían que enfrentarse a la iglesia no sería fácil, pero no podían permitir que sus hijos quedaran desprotegidos. Había una línea que no podían cruzar, y el obispo la había cruzado.

—Señor obispo —dijo Antonio, mantuvo la calma y controló el temblor de su voz, imprimiendo determinación en ella—, con el debido respeto, no estamos aquí para proteger la reputación de la iglesia. Estamos aquí para proteger a nuestros hijos. Si usted no toma cartas en el asunto, nos veremos obligados a acudir a las autoridades civiles.

El obispo alzó las cejas, sorprendido por la firmeza en la voz de Antonio. Por un momento, el control que había mantenido con tanta seguridad pareció vacilar. Rápidamente recuperó la compostura, aunque una sombra de irritación pasó por su rostro.

—¡No, señor obispo! Usted no quiere entender la dimensión del problema. Hasta ahora no le hemos relatado la crudeza de los hechos, va a ser necesario que le digamos las cosas por su nombre. Jesús —dijo Antonio señalando con su mano a otro de los padres—

, por favor, cuéntale al señor obispo lo que pasó con tu hijo.

El silencio que siguió al llamado de Antonio fue ensordecedor. Todos los ojos se posaron en Jesús. Sentía que el obispo quería perforarle con la mirada, pero lo peor era recordar el rostro de su hijo cada noche. Tragó saliva, intentando encontrar la fuerza para hablar, no podía, las palabras se negaban a salir. Mientras sus ojos vidriosos luchaban por contener las lágrimas que se asomaban al exterior, su cerebro intentaba encontrar el mínimo de sosiego para poder orquestar su historia. Finalmente, su voz, rota y llena de dolor, rompió el silencio.

—¿Sabe lo que pudo sentir mi hijo cuando el padre Nicolás le agarró la manita y se la puso en su pene desnudo? ¿Comprende la humillación que siente mi familia? ¿Cómo podía imaginar esta tragedia cuando dejaba a mi hijo acudir a las clases de catecismo que impartía el sacerdote?

El obispo sintió un escalofrío ante la crudeza de esas palabras, pero no dejó que su expresión mostrara ninguna emoción. Sabía que tenía que mantener el control.

—No tomemos decisiones precipitadas. Les aseguro que la iglesia hará todo lo posible para solucionar este problema de la manera más adecuada —dijo el obispo, adoptando un tono más frío, más distante.

El resentimiento se filtraba en las conversaciones en voz baja, en las miradas esquivas y en las plegarias murmuradas por los padres. Sabían que no podían confiar en las autoridades. Sabían que la justicia que buscaban tendría que venir de sus propias manos. El silencio en el obispado era una cuerda tensa que podía romperse en cualquier momento. Los padres, desilusionados y furiosos, comenzaron a abandonar la sala uno por uno. El obispo se quedó observando, consciente de que había perdido la confianza de su rebaño. Pero en su mente, la reputación de la iglesia seguía siendo más importante que las vidas destruidas por uno de sus miembros.

Mientras el último padre salía de la sala, el obispo se quedó solo, sumido en sus pensamientos. Sabía que esto era el principio de una tormenta que podría desatarse en cualquier momento. Pero estaba decidido a hacer todo lo necesario para proteger a la iglesia, aunque eso significara encubrir los pecados de aquellos que servían en sus filas.

La noticia de los abusos sexuales contra los niños corrió como la pólvora. Las familias se movilizaron, y la multitud enardecida fue a buscar a Nicolás a su casa, con la intención de lincharlo. No lo hallaron; el padre Nicolás había escapado gracias al obispo, que lo había advertido de la revuelta y le había dado cobijo en el seminario.

A los pocos días, el obispo le dijo al padre Nicolás que el arzobispo había autorizado su traslado a la diócesis de Los Ángeles (California). No era la primera vez que el arzobispo de México utilizaba California para apartar por algún tiempo a los sacerdotes acusados de conductas inapropiadas.

Los padres afectados no presentaron ninguna denuncia ante el Ministerio Público. Nunca se supo si el obispo les había dado dinero para evitar las denuncias o si fue la desesperación y la desconfianza en las autoridades lo que los condujo a guardar silencio. Ninguna de las familias afectadas se quedó conforme, y el deseo de venganza anidaba en sus corazones.

Las madres pedían a Dios, en sus plegarias, una reparación. El silencio de la comunidad carcomía las conciencias de todos los fieles de la parroquia. La tensión era palpable, y aunque la tormenta parecía haberse calmado en la superficie, todos sabían que el resentimiento latente podría estallar en cualquier momento.

DOS

El calor de la tarde no daba tregua, el aire apenas se movía y el polvo se pegaba a la piel de los niños mientras se preparaban para ir a la iglesia. Los olores de la ropa mojada mezclados con el sudor creaban una especie de nube espesa y sofocante, impregnando toda la cuartería. El techo de lámina de las casas chorreaba un calor asfixiante, como si quisiera aplastar todo lo que había debajo.

El bullicio de los niños llenaba el ambiente, ya que acababan de bañarse y se arreglaban con sus mejores ropas. Esas prendas, menos gastadas que las de uso diario, eran un símbolo de respeto cuando se trataba de visitar la casa del Señor. Con entusiasmo y diligencia, se lustraban los zapatos, unos a otros, dándole bola con una franela, partida en varios pedazos. Frotaban y frotaban hasta que sonaba: triiiiiiii, triiiiiiiii. Con ese sonido seco y chirriante sabían que los zapatos ya estaban resplandecientes. Ir a la iglesia era más que una rutina; era una ocasión solemne, y sus madres les habían enseñado que, para ir a la casa de Dios, debían vestir de la mejor manera posible y presentarse en el templo con devoción y respeto.

Fabi observaba a los demás niños desde la sombra de su casa, con los brazos cruzados sobre el pecho y el ceño fruncido. Mientras ellos se reían y se preparaban para ir a la iglesia, ella sentía que estaban atrapados en una mentira, una que la sociedad les había impuesto desde que nacieron. Cada risa y cada mirada de devoción le resultaban incomprensibles.

El sacerdote era muy apreciado en la parte humilde de la colonia Centro, donde la mayoría de los feligreses eran trabajadores portuarios. La precariedad de los trabajos y los bajos salarios apenas les alcanzaba para alimentar a sus familias, pero siempre había espacio para la devoción. Los niños se dirigían a la iglesia con mucha ilusión, disfrutando de las canciones y las avemarías que el sacerdote les enseñaba. Todos los chamacos creían en Dios, en Jesucristo, y en todas las virgencitas y santitos que les ponían delante. Todos, menos Fabi.

Desde la entrada de la modesta vivienda que compartía con su madre y sus hermanos, Fabi observaba la vida diaria de la cuartería, un lugar que, a pesar de sus intentos por alejarse, seguía siendo su hogar. Mientras los demás niños se preparaban con fervor, ella permanecía distante, con una expresión de hastío en el rostro. Fabi estaba a punto de finalizar la pubertad, pero su madre la seguía obligando a asistir al catecismo todos los sábados. La joven estaba harta de las creencias de su madre, no soportaba el fanatismo que siempre encerraban sus sentencias. A dondequiera que mirara, había símbolos de una fe que detestaba. Crucifijos colgados en las paredes, pequeños altares en las esquinas, las voces murmurantes de las oraciones que salían de las casas vecinas. Todo parecía burlarse de ella, recordándole que su vida estaba encadenada a una devoción que no compartía ni entendía.

Aunque en esa época aún no sabía de los horrores de los curas pederastas, siempre había sentido una profunda animadversión hacia todo lo que oliera a religión, empezando por todos los sacerdotes. Desde muy jovencita, su cuerpo había comenzado a desarrollarse, y ya se adivinaban sus curvas bajo los vestidos desgastados. Había notado demasiadas veces cómo algunos curas la miraban, con una insistencia que le causaba incomodidad y rechazo.

La casita donde vivía Fabi, al igual que todas las de la cuartería, era una especie de cuartito de madera. Sin agua ni luz eléctrica, los pisos eran de tierra, y los techos estaban cubiertos con láminas en malas condiciones. En la época de lluvias, los cuartos se llenaban de cubetas o cacerolas para recoger el agua que entraba por las goteras. En esas casitas tan pequeñas vivía una familia completa: los padres, los hijos ("un putamadral, como decían en el barrio), y a veces hasta los abuelos.

A lo lejos, vio a la Flaca, su carnala del alma, corriendo hacia ella con una expresión de emoción en el rostro.

—¡Fabi! —gritó la Flaca, agitando la mano mientras se acercaba—. ¿Vas a venir a la iglesia con nosotros?

Fabi frunció el ceño al escuchar la palabra "iglesia".

—No pienso poner un pie en esa iglesia, sin religión viviríamos mejor.

—¡No digas eso! Diosito nos cuida.

—¡Los están engañando! No dejes que te engañen, tú eres muy lista para que te engañen esos pendejos de los curas.

—Pero mi madrina dice que tenemos que ir —insistió la Flaca, bajando un poco la voz, como si temiera que Fabi se enojara más—. Dice que tenemos que rezar para que todo mejore.

La mamá de Fabi estaba inclinada sobre el fregadero de piedra, lavando la ropa a mano como lo había hecho durante toda su vida. La radio, colocada en un estante cercano, emitía una canción lenta y melancólica que parecía acompañar el ritmo de su trabajo. Fabi no pudo evitar sentir un estallido de ira al ver a su madre inclinada sobre la pila, rezando en silencio mientras sus manos luchaban contra la mugre incrustada en las prendas ajenas. Ver a su progenitora inclinada sobre el fregadero, rezando mientras lavaba la ropa a mano, le causaba una rabia que apenas podía contener. Para Fabi, cada plegaria de su madre no era más que una muestra de debilidad, una aceptación resignada de su miserable destino. En su mente, no entendía cómo alguien podía rezar a algo tan lejano e inútil, mientras la pobreza y el sufrimiento seguían marcando sus vidas.

—¡Mira, mamá! —decía Fabi, dirigiéndose a su madre de la forma más descarada posible—. ¡No creo! ¡No creo! ¡Me choca la virgencita! ¡Me chocan los muñequitos! ¡No los soporto! Si agarro un pedazo de palo, te puedo hacer un muñeco de esos y te lo dejo en el altar, y lo vas a estar rezando porque eres así de tonta. ¡No creo! ¡No me gustan! ¡No existen! Si estamos jodidos es porque estamos jodidos, no es culpa de estos, ni por estos vamos a dejar de estar jodidos —decía, señalando las imágenes del altar de la casa—. Y que sepas que un día me iré de este pinche patio mugroso, me iré para no volver. No quiero saber nada de tu pinche iglesia, déjame en paz con todas tus pendejadas, esas que te enseñan los curas de mierda, que además todos son gachupines.

En cualquier otro momento, su madre hubiera agarrado una silla y se la habría partido en la cabeza. Pero esa vez fue diferente. La pobre mujer cayó desplomada con toda su humanidad, que tenía mucha.

Al verla caer Fabi sintió una punzada en el pecho. Por un segundo, el tiempo se congeló, y lo único que escuchaba era el eco de sus propias palabras resonando en su cabeza. Quiso correr a levantarla, pero algo dentro de ella la mantuvo inmóvil. No era culpa, ni arrepentimiento, era algo más profundo, algo más oscuro. Los niños no podían levantarla; pesaba demasiado. La Flaca salió rápidamente a buscar a alguna persona mayor que los ayudara a levantar a su madrina. Por suerte, a la entrada misma de la cuartería, encontró a su padre que regresaba del muelle. Sin mediar palabra alguna, jaló el brazo de su padre y lo arrastró a donde estaba la madre de Fabi.

—¿Qué pasó? —preguntó el padre al ver a su comadre en el suelo.

—¡Nada! —respondió Fabi—. Le dije que no creo en los santitos, no pasó nada, padrino.

Algo había pasado. Fabi sintió un pequeño nudo en el estómago. El nudo crecía mientras observaba a su madre inconsciente en el suelo. No era culpa lo que sentía, era algo más, una mezcla de asco y determinación, algo que no lograba entender completamente. Sabía que tarde o temprano se iría de ese lugar, que escaparía de todo lo que la ataba a esa vida. Pero por primera vez, sintió que al irse no solo se liberaría, sino que también dejaría atrás un vacío imposible de llenar.

TRES

El espejo le devolvía una imagen que habría hecho enorgullecer a cualquier mujer, pero detrás de esos ojos perfectamente maquillados y esa boca pintada de rojo se escondían sombras que ni el mejor maquillaje podía ocultar. No solo se había vuelto fuerte; se había vuelto impenetrable, una armadura de belleza que la protegía de los recuerdos que intentaban arrastrarla de vuelta al pasado. Había dejado atrás los días en los que era una niña pobre de la cuartería, con ropa desgastada y zapatos rotos.

Ahora, en lugar de la niña desaliñada que solía ser, veía a una mujer que supo aprovechar cada oportunidad que la vida le había puesto en el camino. Una mujer que aprndió a usar su belleza y su inteligencia para sobrevivir y prosperar en un mundo que no daba tregua.

El espejo mostraba una figura esbelta, con piel color canela, realzada por un vestido ceñido que acentuaba sus curvas. Su cabello, cuidadosamente peinado, caía en ondas brillantes sobre sus hombros. Los labios rojos y los ojos enmarcados por largas pestañas le daban una apariencia de seguridad y poder, una imagen que Fabi había construido con esmero.

Pero esa imagen no era solo para el mundo exterior. Era también una armadura, una protección contra los recuerdos que la perseguían, esos días oscuros de su infancia en los que la pobreza y el desamparo eran sus compañeros constantes.

Fabi creció en una familia numerosa, en una pequeña casa que apenas lograba contener a todos sus habitantes. Su padre, un hombre trabajador, había hecho todo lo posible por mantener a la familia a flote, pero la enfermedad lo debilitó hasta que no pudo más. Fabi, la mayor de los hermanos, había asumido la responsabilidad de cuidar de todos mientras su madre trabajaba largas horas lavando ropa ajena. Fue durante esos días, mientras veía cómo la vida se desmoronaba a su alrededor, cuando Fabi juró que nunca más sería víctima de las circunstancias.

Durante la enfermedad de su padre, Fabi se pasaba todas las noches junto a él, cuidándolo. Se sentaba en el suelo sobre unas cajas de cartón que le había traído la Flaca. La tierra del cuarto era muy húmeda, y el cartón mantenía seco su cuerpo.

Se pasaba la noche limpiándole los sangrados de la nariz. Por la mañana temprano le lavaba y le cepillaba el pelo mientras le cantaba las únicas canciones que sabía. Aquellos momentos junto a su padre fueron los que marcaron el inicio de su endurecimiento. La enfermedad había reducido a su padre a una sombra de lo que había sido, y Fabi sentía cómo el peso de la responsabilidad se acumulaba sobre sus hombros. Con cada día que pasaba, la esperanza de que su padre mejorara se desvanecía, y Fabi empezó a entender que en la vida no había lugar para la debilidad.

—Papá, ahora le voy a cantar su canción favorita: "Bésame mucho" —murmuraba Fabi con voz dulce mientras le pasaba el peine por su cabello ralo y quebradizo.

Cada noche, mientras le limpiaba los sangrados de la nariz, Fabi sentía cómo una parte de ella se iba endureciendo. La dulzura con la que cantaba "Bésame mucho" contrastaba con el odio silencioso que crecía en su pecho, odio hacia una vida que parecía desmoronarse sin remedio. Con cada día que pasaba, veía cómo la sombra de su padre se consumía, y con él, la poca esperanza que le quedaba de un futuro diferente.

Cuando el cuerpo de su padre quedó rígido y frío, algo dentro de Fabi también murió. El dolor que sentía por la pérdida se transformó en una fuerza brutal, en una promesa silenciosa: nunca más sería débil, nunca más permitiría que las circunstancias decidieran su destino. Mientras preparaba el cuerpo para el velorio, las palabras de su madre sobre la fe y la devoción resonaban vacías en su mente, como si fueran un eco distante de algo en lo que nunca podría creer.

"La vida es dura y cruel", se repetía Fabi a sí misma mientras ayudaba a su madre a preparar el cuerpo para el velorio. "Ni con los rezos, ni con las veladoras que mi madre pone a los santitos, vamos a poder vivir". Las palabras de su madre sobre la fe y la devoción se habían vuelto huecas en su mente. La imagen del cuerpo de su padre, embadurnado con esa cal que mal disimulaba el olor a descomposición, permaneció presente durante toda su vida. Era el símbolo de la pobreza que la había destruido, y Fabi decidió en ese momento que haría cualquier cosa para no volver a estar en esa posición.

Después de la muerte de su padre, la vida en la cuartería se volvió aún más difícil. Aunque su madre trabajaba incansablemente, enterrada entre montañas de ropa ajena, no iba a poder con todo. Fabi veía cómo las manos de su madre se llenaban de grietas y callos por el trabajo duro, y supo que tenía que encontrar una salida, aunque significara apartarse de los caminos tradicionales.

Los hermanos de la Flaca ya estaban metidos de lleno en el narcotráfico, y Fabi, sin dudarlo, decidió seguir ese camino. No querían que ella entrara en el negocio, no por nada en especial, sino por lo arriesgado del asunto. Para Fabi no fue una decisión difícil. En el mundo en el que había crecido, las oportunidades no llegaban solas. Si quería escapar de la pobreza, tenía que ser ella quien las creara. Sabía que el narcotráfico era peligroso, pero también era una vía de escape, una manera de tomar el control de su vida. Así que, cuando los hermanos de la Flaca la intentaron disuadir, ya era demasiado tarde. Fabi había decidido que, para sobrevivir, no podía permitirse el lujo de la moralidad. A Fabi no le importó la negativa. Engatusó a otro personaje de menor rango en la organización y entró a formar parte del equipo que se dedicaba al tráfico de armas.

El ascenso de Fabi en ese mundo no fue fácil. Tuvo que demostrar que era tan capaz, o más, que cualquier hombre. Usó su astucia, su determinación, y sí, también su belleza, para abrirse camino. Sabía que muchos la subestimaban, que la veían solo como una cara bonita, pero Fabi estaba decidida a usar esa percepción a su favor. Sabía que en el juego del poder, la apariencia podía ser tanto una ventaja como un arma, y ella estaba dispuesta a usarla para obtener lo que quería.

A medida que se afianzaba en el negocio, Fabi comenzó a ganar respeto. Los hombres que antes la miraban con condescendencia empezaron a verla como una igual, o incluso como alguien a quien temer. Aprendió a manejar las armas, a negociar con dureza, y a tomar decisiones difíciles sin mirar atrás. Pero por más que intentara alejarse de su pasado, la cuartería seguía siendo una parte de ella, un lugar al que volvía con frecuencia, no solo por su familia, sino porque sabía que su historia no podía ser completamente borrada.

Fue durante una de esas visitas a la cuartería cuando Fabi se enteró de los rumores sobre el padre Nicolás. Un sacerdote que, bajo la apariencia de un hombre piadoso, había estado abusando de los niños de la parroquia durante años. La noticia no la sorprendió. Había visto demasiadas veces cómo aquellos que predicaban la bondad eran, en realidad, los más corruptos. Pero lo que sí la sorprendió fue la intensidad de la rabia que la invadió. Era como si los recuerdos de su propia infancia, las miradas lascivas de los curas y los sermones vacíos de los hombres de Dios, se agolparan en su mente, formando una ola de furia que no podía ignorar.

Fabi nunca fue alguien que se dejara llevar por las emociones. Había aprendido a mantener la calma, a pensar antes de actuar. Pero esta vez, la idea de que un hombre como Nicolás estuviera aprovechándose de los inocentes la llenó de un odio que no podía ignorar. Sabía que tenía que hacer algo, y que esta vez, no sería solo por ella, sino por todos aquellos que habían sufrido en silencio.

Fabi salió de la cuartería aquella tarde con la mente puesta en un solo objetivo: encontrar al padre Nicolás y hacerlo pagar por lo que había hecho. Mientras caminaba por las calles de la colonia, las imágenes de los niños a los que había visto crecer llenaron su cabeza. Sus rostros, antes llenos de inocencia, ahora estaban marcados por el miedo y el dolor. Era un dolor que Fabi conocía demasiado bien. Y mientras más lo pensaba, más se convencía de que ya no podía ignorarlo. Nicolás pagaría, no solo por lo que había hecho, sino por todo lo que Fabi había sufrido en silencio a lo largo de su vida.

Los contactos que había hecho en el mundo del narcotráfico le habían enseñado a obtener información de manera rápida y discreta. Sabía que, para encontrar al padre Nicolás, necesitaba aliados, gente que conociera los secretos más oscuros de la iglesia, y que estuviera dispuesta a hablar.

CUATRO

Fabi había dejado la casa de su madre hacía tiempo, estableciéndose por su cuenta en un departamento en las afueras de la ciudad. Sin embargo, nunca se había desligado completamente de la cuartería. Volvía de vez en cuando para ver a sus hermanos y, en especial, a la Flaca, con quien siempre había tenido un vínculo especial.

El calor asfixiante de la tarde parecía haber sofocado también el bullicio habitual de la cuartería. En lugar de las risas de los niños y las conversaciones enérgicas de las vecinas, solo había susurros nerviosos y miradas fugaces que evitaban cruzarse con la suya. El aire estaba cargado de algo más que calor; Fabi podía sentir la tensión palpitante, como si todo el lugar contuviera un secreto a punto de estallar.

En cuanto Fabi bajó del carro y puso un pie en el polvoriento suelo del patio, la Flaca corrió hacia ella, visiblemente alterada.

—Fabi, fíjate que han cambiado al sacerdote de la parroquia —le dijo la Flaca, con confusión en su voz—. Dicen que abusó de varios niños.

Fabi sintió una oleada de rabia recorriéndole el cuerpo. Nadie había escuchado sus recelos para con los curas. Ahora, la realidad golpeaba con una fuerza brutal. Otro curita maricón igual que el padre Nicolás.

—¡Te lo dije! —exclamó, su voz cargada de ira—. ¿Para qué sigues yendo? ¿Te hizo algo el sacerdote?

La Flaca negó rápidamente con la cabeza.

—¡No, a mí no! —respondió, asustada por la intensidad en los ojos de Fabi.

—¿Y a mis hermanos? —insistió Fabi, acercándose más a la Flaca, como si quisiera protegerla de un peligro inminente.

—No, cómo crees —contestó la Flaca, tratando de calmarla—. Nada de eso.

—¿Estás segura, carnala? —insistió Fabi, con una mirada dura, como si intentara atravesar la seguridad de las palabras de la Flaca. En su mente, las imágenes de los niños desprotegidos llenaban su cabeza, y no podía evitar pensar que, en algún momento, algo les hubiera pasado a ellos también. No podía permitirlo.

—Sí, Fabiola —le aseguró, sin vacilar.

El cuerpo de Fabi se tensó, la sangre le hervía en las venas. Durante años había advertido a su familia sobre los peligros de la iglesia, y ahora su miedo se había hecho realidad. No era solo la indignación por los abusos, sino el recuerdo de aquellas miradas incómodas que el padre de su parroquia le lanzaba cuando era niña. La ira, como un fuego incontrolable, empezó a crecer dentro de ella.

—Voy a matar al hijo de puta ese. Cuando yo era una morrita el muy desgraciado me miraba siempre los pechos. ¿Y ahora dónde va toda la perrada de beatas?

—A ningún lugar —dijo la Flaca—. Se han suspendido las misas y han empezado a reparar la parroquia. Pero al catecismo sí que vamos todavía, con las señoras que ayudaban al padre. Precisamente esta tarde vamos. Las señoras no pueden venir, iremos solos.

Fabi frunció el ceño al escuchar esto.

—¿Cómo van solos? Ya los llevaré yo —dijo, decidida.

La Flaca la miró sorprendida.

—¿No me digas, tú en la iglesia? —preguntó con incredulidad.

—Nooo, es que no quiero que vayan solos —respondió Fabi, sin darle más explicaciones.

Un poco antes de las cuatro y media, Fabi recogió a todos los chamacos de la cuartería y los llevó al catecismo. Mientras observaba a los niños subir a la camioneta, Fabi se sintió extrañamente fuera de lugar. La iglesia, con todas sus promesas vacías, nunca había sido un refugio para ella. Y sin embargo, ahí estaba, protegiendo a los niños de algo que intuía pero no podía ver. Sabía que su madre, desde la puerta de la casa, la observaba con ojos incrédulos, no le importaba. Esto no tenía nada que ver con la fe. Esto era supervivencia.

La madre de Fabi se quedó atónita al verla recogiendo a los niños. No podía creer que sus oraciones hubieran sido escuchadas y que su hija, después de tanto tiempo, estuviera acercándose a la iglesia. Pero no dijo nada; hacía meses que no se hablaban.

Al llegar a la iglesia, Fabi dejó a los niños en la entrada y se quedó observando el edificio, ahora silencioso y desprovisto de la presencia del padre abusador. Había algo en el aire que la inquietaba, como si la ausencia del sacerdote no hubiera purgado del todo la oscuridad que él había traído.

De repente, sus ojos se encontraron con un joven güero, alto y delgado que estaba limpiando el suelo de la iglesia. Cuando Fabi vio al joven, algo en su mente cambió de inmediato. Él parecía fuera de lugar en la iglesia, como una presencia que no pertenecía ahí, con su cabello rubio brillando bajo la luz del sol. Había algo en su mirada tímida que despertó en Fabi un deseo de control, de dominio. Se acercó con curiosidad, intrigada por la presencia del desconocido y consciente de la atracción que ejercía sobre él con una sonrisa lo desarmó.

—Hola —le dijo con una sonrisa coqueta, midiendo su reacción—. No te había visto antes por aquí.

El güero, sorprendido por la presencia de Fabi, apenas podía ocultar su nerviosismo. No estaba acostumbrado a ser el objeto de atención de una mujer como ella, tan segura, tan imponente. Tragó saliva antes de responder, su timidez era evidente en cada palabra.

—Buenas tardes, señorita —respondió—. Hace poco que mi madre y yo nos encargamos de limpiar la iglesia. Nos han contratado hasta que venga el nuevo sacerdote.

Fabi notó la modestia en sus palabras, pero también algo más, algo que despertó su interés.

—¿De dónde eres? —preguntó, sin apartar la vista de él.

—De Carlos A. Carrillo —respondió el joven—. Venimos tres veces a la semana a limpiar la parroquia. Mi padre trabaja en el ingenio azucarero, y nosotros vivimos allá.

Fabi sonrió, más para sí misma que para él. Le gustaban los rubios, y este güero había captado su atención de inmediato.

—Dame tu dirección —dijo con firmeza—. Iré a visitarte uno de estos días.

El güero, sorprendido por la audacia de Fabi, le dio su dirección sin pensarlo dos veces.

Mientras guardaba la dirección en su bolsillo, Fabi sonrió para sí misma. El joven güero no era más que una nueva pieza en el tablero de su vida, una presa que había captado su interés no solo por su apariencia, sino porque representaba algo más. En un mundo donde había tenido que luchar por cada cosa, controlar a las personas se había convertido en su pasatiempo favorito. Y este joven, tímido e ingenuo, era solo el siguiente en la lista.

CINCO

Fabi decidió ir a ver al güero de Carlos A. Carrillo, con la intención de hacerlo suyo. Agarró un bolso, metió unas cuantas piezas de ropa interior y unas blusas, antes de partir para la terminal de autobuses. En las taquillas de ADO compró un boleto sencillo para Cosamaloapan y esperó en la sala unos cuarenta minutos antes de abordar el autobús.

Dos horas la separaban de ver al güero; se había obsesionado con él y estaba decidida a conquistarlo. Sabía que él y su madre atendían al sacerdote de la parroquia de Carlos A. Carrillo, pero sus deseos eran mucho más intensos que su aversión a los sacerdotes. Mientras esperaba en la sala de la terminal de autobuses, Fabi no podía evitar una sensación contradictoria. Deseaba al güero con una intensidad que no había sentido en mucho tiempo. El hecho de tener que buscarlo en una iglesia le revolvía el estómago. La religión siempre había sido para ella una prisión, un lugar donde el control era ejercido sobre los más débiles. Y ahora, aquí estaba, dispuesta a conquistar a alguien en ese mismo entorno

Quizás sería su última escapada en solitario. Ya le habían propuesto incorporarse definitivamente al "grupo" que se dedicaba al tráfico de armas. Cuando regresara a Veracruz debía dar el sí definitivo, y ya no iría sola a ninguna parte; le asignarían uno o dos escoltas que la acompañarían siempre. Quería pasar sus últimos días de libertad con el güero, le gustaba mucho y se lo imaginaba sin experiencia. Pensaba disfrutar de su cuerpo y, al mismo tiempo, enseñarle a disfrutar del suyo.

Llegó a las tres de la tarde y tomó un taxi hasta la parroquia de Carlos A. Carrillo. Pagó la carrera y vio que la puerta de la parroquia estaba entreabierta. Entró, la iglesia estaba en penumbra y sus ojos se tuvieron que habituar a la poca claridad existente. Se sentó en uno de los bancos de la parroquia, esperando a que su vista mejorara. No se veía a nadie en la nave central, pero podía oír algunos ruidos al fondo.

Se incorporó y fue siguiendo los tenues sonidos. Al llegar a la altura del altar, vio al güero arrodillado en una sala situada justo al lado. Fabi caminó de puntillas para no hacer ruido y se acercó a él con suavidad. Cuando estuvo lo suficientemente cerca, se abalanzó con ímpetu sobre él.

—No te asustes, güerito —le dijo, sentándose a su lado.

—¡Cómo no asustarme! Ni ruido hiciste —respondió el güero, con cara de espanto.

—Vine a verte. ¿Cómo estás? —preguntó Fabi, esbozando una sonrisa.

—Déjame que me reponga del susto, ¡ufff, pa' la madre! —exclamó el güero, todavía con el corazón acelerado.

—No te asustes, güerito, que no te voy a comer —dijo Fabi entre risas, tratando de calmarlo.

—No pensé volver a verte —dijo el güero, aún sorprendido—. Pensé que era una broma lo de venir.

—Pues ya ves que no —respondió Fabi con una sonrisa—. ¿Estás solo?

—Sí, mi madre está en casa y el padre Alberto se fue unos días a Guerrero. Lo esperamos mañana.

—Qué bien, me gusta que estemos solos. Ve a cerrar la puerta para que nadie nos moleste.

—¡Cómo crees! Este es un lugar sagrado.

—¿Qué hay más sagrado que el amor? Amaros los unos a los otros, eso dijo Jesús.

El güero, todavía dudando, se levantó del suelo y fue a cerrar la puerta. Pensó: "Si alguien llega, es mejor que no puedan entrar".

Fabi lo observaba mientras cerraba la puerta, una sonrisa de satisfacción asomaba en sus labios. No era solo su cuerpo lo que deseaba, era su sumisión, su inocencia. Sabía que el güero era una oportunidad para reafirmar su poder, para demostrar que, incluso en un lugar que detestaba como la iglesia, ella podía ser quien dictara las reglas

Fabi se levantó del suelo y se sentó en los escalones que subían hasta el altar.

—Ven, precioso, siéntate a mi lado —le dijo, con una voz insinuante.

—¿No ves que es un lugar sagrado? —insistió el güero, incómodo.

—No te preocupes por eso. Empiézame a tallar las piernas; si lo haces bien, tendrás tu recompensa.

El muchacho no sabía qué hacer. Nunca había estado con ninguna chica, y el cuerpo de Fabi le resultaba irresistible.

—Ándale, güerito, mira, ya me quité las zapatillas. Tállame los pies —dijo Fabi, recostándose y acercando su pie hacia él—. Ándale, mis piececitos están muy cansados. Vine de muy lejos para estar contigo —le dijo, con una voz más suave y seductora.

El güero se sentía dividido. Frente a él estaba Fabi, una mujer que le resultaba imposible de ignorar, cuyo cuerpo le llamaba con una fuerza que no podía controlar. Al mismo tiempo, estaba el altar, las palabras del sacerdote resonando en su mente, diciéndole que debía resistir la tentación. "No debo", pensaba, pero su cuerpo no obedecía. Cuando Fabi se quitó las zapatillas, el deseo superó cualquier rastro de duda.

—¿Cómo quieres que te los talle? —preguntó el güero, nervioso.

—Suavecito, quiero que me los talles suavecito. Empieza por uno, luego por el otro, y sigue por mis piernitas cansadas.

—Pero si no te gusta, me lo dices.

—Claro, güerito. Si no sabes, yo te enseño. Ándale, suavecito.

El chamaco comenzó a tallarle el pie izquierdo. Lo sostuvo por el talón con una mano, mientras acariciaba el empeine con la otra.

—Suave pero intenso, acaríciame también los deditos... así, muy bien. Ahora sigue por la pantorrilla

—le dijo Fabi, mientras acercaba su pie derecho a la braqueta del pantalón del güero.

El güero, aunque nervioso, siguió las indicaciones de Fabi. Pasó la mano por su pantorrilla, sintiendo la suavidad de su piel y la firmeza de sus músculos. Mientras lo hacía, su cuerpo empezó a reaccionar de manera involuntaria, sintiendo que su sexo empezaba a tomar volumen. Ella le rozó el miembro con su pie derecho y se percató que el güero se estaba poniendo colorado, las mejillas de su carne blanca se encendían.

—Ahora el otro pie, y luego la otra pierna... suavecito, güerito —murmuró Fabi, disfrutando del control que tenía sobre él.

Cuando el güero empezó a acariciar el otro pie, Fabi separó un poco las piernas, revelando que no llevaba ropa interior. La visión inesperada del sexo desnudo de la chica endureció aún más el suyo. Ella vio, con sumo placer, que la verga del güero luchaba por salirse del pantalón.

—Güerito, ahora acaríciame los muslos. No tengas miedo, aprieta más fuerte. Acércate, toca lo que quieras. Hoy es todo tuyo —susurró Fabi, con un tono de voz que invitaba al joven a dejarse llevar.

El güero comenzó a tocarla cada vez más arriba, aunque todavía dudaba en explorar más allá. Fabi, notando su vacilación, tomó su mano y la guió hacia su intimidad, enseñándole cómo complacerla.

—Toca, güero, tócame todo —le susurró Fabi, disfrutando de la inexperiencia del joven—. Pasa tus dedos por mi piel, mételos si quieres.

El sexo de Fabi estaba hundido en un mar de flujo. El güero siguió explorando el cuerpo de la chava, tocándola con una mezcla de nerviosismo y deseo. Ella, mientras tanto, disfrutaba de cada caricia, sintiendo cómo su excitación crecía con cada movimiento. Aunque deseaba que él la poseyera, también quería prolongar el placer que le daban sus manos inexpertas.

Tomó la iniciativa y bajó el cierre de los pantalones del güero, liberando su deseo. Al verlo, Fabi esbozó una sonrisa de satisfacción. Lo acarició suavemente, sintiendo su dureza, y esparció el flujo de su propia excitación por toda la longitud de su miembro.

Cada movimiento de Fabi estaba calculado. Cada caricia, cada palabra susurrada, tenía un propósito. Disfrutaba viendo cómo el cuerpo del güero respondía a sus toques, cómo su inexperiencia lo hacía aún más vulnerable. Este era su terreno, su juego. Sabía que el poder que tenía sobre él era absoluto, y eso la excitaba más que cualquier otra cosa. Pero también deseaba sentirlo dentro de ella. Sin embargo, sabía que debía controlar las caricias para que el güero no eyaculara demasiado pronto. Decidió bajar la intensidad de las caricias y comenzó a quitarle los pantalones por completo.

El güero intentó besarla y Fabi lo detuvo.

—Relájate, güerito, estírate... ahora me toca a mí —dijo Fabi, tomando el control de la situación.

Fabi le quitó los zapatos, los pantalones y la ropa interior, dejando al güero desnudo. Su miembro se erguía con fuerza, y Fabi no pudo evitar sentir una profunda satisfacción al verlo. Se inclinó y comenzó a acariciarlo con su boca, disfrutando de cada momento, mientras el güero se estremecía bajo su toque.

Fabi continuó disfrutando del cuerpo del chamaco, sintiendo cómo su deseo crecía con cada movimiento. Después de un rato, decidió que era el momento de llevar la situación al siguiente nivel. Sin más preámbulos, se subió a horcajadas sobre él y, con un movimiento certero de cadera, lo guió dentro de ella.

Fabi sintió un placer intenso al tenerla dentro. De forma inmediata, experimentó un primer orgasmo, pero lo mantuvo en silencio, sin querer mostrar ninguna debilidad. Mientras se movía sobre él, el güero comenzó a tocar sus pechos, explorando cada centímetro de su cuerpo con las manos temblorosas.

Fabi continuó moviéndose, controlando cuidadosamente sus movimientos para mantener el placer sin llegar al punto de agotarse. Sabía que si tenía demasiados orgasmos seguidos, sus piernas empezarían a temblar y perdería la energía necesaria para seguir adelante. Mientras tanto, el güero intentaba besarla y tocar sus brazos, pero Fabi lo apartaba, enfocada en su propio gozo. El güero terminó y de su boca salieron unos aullidos intensos de placer. Fabi se dejó caer encima de él, ambos respiraban con dificultad mientras sus cuerpos se recuperaban del éxtasis compartido. En ese momento, Fabi se permitió un breve instante de vulnerabilidad, disfrutando de la calidez del contacto y del triunfo de haber conquistado al joven como había deseado desde el principio.

Sabía que este sería uno de sus últimos momentos de libertad total, y se sintió satisfecha de haberlo compartido con él. Sin embargo, en el fondo, también sentía que había cruzado una línea, una que la alejaba cada vez más de cualquier tipo de inocencia que le pudiera quedar.

Después de un rato, Fabi se levantó lentamente, dejando que el güero recuperara el aliento mientras ella se vestía. Fabi no podía evitar sentir una punzada de satisfacción. Había conquistado al güero, lo había hecho suyo, sabía que este era solo un escalón más en su camino. Estaba a punto de entrar en un mundo donde las reglas serían más duras, donde la libertad que tanto valoraba quedaría limitada por su lealtad al "grupo". Pero incluso entonces, sabía que encontraría la manera de mantener el control, porque eso era lo que siempre había hecho.

Se inclinó y le dio un suave beso en la frente antes de decir:

—Gracias, güerito. Esto fue justo lo que necesitaba.

Sin esperar una respuesta, Fabi salió de la parroquia, dejando al muchacho solo en la penumbra, con una mezcla de confusión y satisfacción en su rostro. Para él, lo que acababa de suceder era algo que nunca olvidaría; para Fabi, era simplemente otro paso en su camino hacia el poder y el control que tanto anhelaba.

SEIS

Fabi se tomó unos días para disfrutar de la compañía del güero en Carlos A. Carrillo. Pasaba sus días junto al joven, los grandes paseos por la zona se complementaban con el trabajo del güero en la iglesia y Fabi siempre lo acompañaba. Lo que empezó como una simple escapada se transformó en algo más profundo tras la llegada del padre Alberto, el sacerdote de la parroquia. Desde el principio, algo en él le resultó diferente. No era como los otros curas que ella conocía, y en sus pláticas descubrió que él tenía una visión que iba mucho más allá de los dogmas de la iglesia. El padre Alberto hablaba con pasión sobre la justicia social, y sobre cómo la iglesia debía ser una herramienta liberadora, no un simple refugio de rezos. Sus pláticas con Fabi iban más allá de la simple doctrina religiosa; hablaban de la vida, de las luchas diarias, y de cómo el verdadero cristianismo debía estar al servicio de los más desamparados.

—Dar voz a los que no tienen voz —le repetía el padre Alberto en una de sus charlas—, ese es el verdadero mandato de Jesús. La iglesia debe estar con los pobres, debe ser liberadora. Si no es así, no estamos ejerciendo el verdadero cristianismo.

Cada palabra del padre Alberto resonaba en la mente de Fabi como si fuera un eco lejano, pero poderoso. Ella, que siempre había visto la religión como una prisión que controlaba a los más débiles, empezó a dudar de sus propias creencias. Mientras escuchaba al padre Alberto, sus palabras le parecían distantes aunque no huecas como las de los demás curas. "¿Y si había algo más allá de la simple supervivencia? ¿Y si pudiera hacer algo por los demás, aunque fuera solo una pequeña parte?

Alberto no hablaba de resignación, como lo hacía su madre; él hablaba de lucha, de la lucha de los pobres por sus derechos, de la lucha de los campesinos por la tierra que los políticos les prometían dar y nunca cumplían.

Aunque nunca se había visto a sí misma como alguien que pudiera cambiar el mundo, había algo en la manera en que Alberto hablaba que la hacía cuestionar su propia visión de la vida.

Con cada conversación, Fabi iba comprendiendo que los problemas de los campesinos en Guerrero no eran tan diferentes de los que enfrentan los jornaleros del puerto, como los padres de su cuartería. La pobreza, la falta de oportunidades y la explotación eran las mismas, solo que con nombres distintos. Pero lo que realmente capturó el corazón de Fabi fueron las historias del padre Alberto sobre su tiempo en las selvas de Guerrero, donde había intentado conectar con Lucio Cabañas, el legendario líder guerrillero.

—Esos guerrilleros, ¡pobrecitos! —decía el padre Alberto con un suspiro—. Al final, se los chingaron a todos. Pero ellos no luchaban por ellos mismos, sino por el bien común, por la tierra y la dignidad de su gente.

Fabi escuchaba fascinada las aventuras que el sacerdote le contaba, imaginando al cura Alberto huyendo por la selva como un malandro, como ella misma y sus cuates, siempre un paso por delante del ejército. Para ella, esas historias eran más que relatos de la lucha armada; eran lecciones de vida, aunque no siempre coincidiera con la visión altruista del sacerdote.

—El que no sirve para servir, no sirve para nada —solía decir el padre Alberto, citando un viejo dicho que resonaba con fuerza en su espíritu.

A pesar de todo, Fabi no compartía el optimismo de Alberto. Para ella, el poder no era algo que se daba; era algo que se tomaba. Mientras él hablaba de justicia y de dar voz a los desamparados, Fabi no podía evitar preguntarse si esa misma gente, los pobres, los jornaleros, alguna vez le habían dado algo a ella. Su vida había sido una lucha constante, y las palabras del sacerdote sonaban a ideales lejanos, imposibles de alcanzar. Las conversaciones entre ambos se tornaban en debates silenciosos dentro de la mente de Fabi, quien empezaba a ver en Alberto a un hombre que defendía una causa perdida, pero que al mismo tiempo, le despertaba una chispa de rebeldía que creía apagada. En su mundo, la lucha no era por el bien común, sino por la supervivencia. Los de su cuartería nunca tuvieron tiempo de pensar en el bien común; estaban demasiado ocupados intentando mejorar sus propias vidas. Para Fabi, el poder se medía en términos de lo que uno podía tomar para sí mismo, y no en lo que podía devolver a la comunidad.

Lo que Fabi no sabía, o quizás no quería admitir, era que el dinero y el poder tenían un precio. El padre Alberto, aunque simpatizaba con ella, no dejaba de recordarle que su vida se movía en función de lo que le era útil, sin considerar las consecuencias para los demás. Fabi escuchaba, pero en el fondo, se aferraba a su creencia de que la vida era una lucha constante, y que solo los fuertes y astutos sobrevivían.

A pesar de sus diferencias, Fabi y el padre Alberto encontraron un terreno común en sus charlas sobre la lucha social. Para ella, esas conversaciones fueron una revelación. Empezó a entender que había algo más allá de la supervivencia diaria, algo que tenía que ver con el poder y la justicia.

Mientras tanto, el padre Alberto enfrentaba su propio conflicto con el obispo. El prelado lo veía como una amenaza, alguien que cuestionaba el orden establecido y que se atrevía a enfrentarse al poder. El padre Alberto sabía que sus días en la parroquia estaban contados. El obispo, con su sotana impecable y su sonrisa fría, lo veía como una amenaza. Fabi escuchaba atentamente cada vez que Alberto mencionaba las acusaciones que pesaban sobre él, no por inmoralidad, sino por enfrentarse al poder. En el fondo, eso era lo que la conectaba con el sacerdote: ambos sabían que el poder, ya fuera en la iglesia o en las calles, no se ganaba sin una lucha.

El sacerdote tenía muchos problemas con el obispo. El prelado quería echarlo de la iglesia y le acusaba de tener una mujer en Cosamaloapan. En realidad lo que más le molestaba al obispo es que Alberto se enfrentara a las autoridades y que defendiera a los trabajadores. Alberto estaba preparando una especie de memorándum para utilizarlo en el caso de que el obispo o el arzobispo intentaran separarlo de su parroquia. El escrito incluía una lista con los nombres de todos los sacerdotes que presuntamente abusaban de los niños en la diócesis.

Las noches con el güero eran intensas, pero vacías en el fondo. Aunque Fabi disfrutaba de su compañía, cada vez más se daba cuenta de que lo que la motivaba no era solo el deseo, sino algo más profundo: el ansia de control, de poder. Mientras pasaba los días conversando con el padre Alberto y las noches junto al güero, Fabi empezaba a sentir una extraña dualidad dentro de sí. Su vida estaba cambiando, aunque aún no sabía cómo.

El punto de inflexión llegó cuando, un día, mientras revolvía entre los papeles del despacho del sacerdote, encontró una lista. El nombre del padre Nicolás, entre muchos otros, figuraba en ese documento. Fabi pasó las páginas del memorándum con creciente inquietud. Al ver el nombre del padre Nicolás en la lista, una oleada de rabia la recorrió. No solo había sido testigo de la hipocresía de la iglesia, sino que ahora tenía pruebas concretas. La lista era más larga de lo que había imaginado, y el impacto de la verdad la golpeó con fuerza. Esta vez, su venganza no era solo personal; estaba a punto de convertirse en una cruzada. Esa lista, aparentemente simple, se convertiría en la clave para llevar a cabo su propia forma de justicia.

Mientras sostenía la lista en sus manos, Fabi supo que este era el comienzo de algo grande. No solo para ella, sino para todos aquellos que habían sufrido en silencio. La justicia, en sus manos, ya no sería un ideal vacío; sería una realidad implacable. Por primera vez en su vida, sintió que tenía el poder de hacer pagar a quienes habían dañado a los inocentes. Y no pensaba dejar pasar la oportunidad.

SIETE

Ya de regreso en el puerto de Veracruz, Fabi se puso manos a la obra para encontrar al padre Nicolás. La ira que bullía dentro de ella era casi tan asfixiante como el calor sofocante de Veracruz. Sentía que cada latido de su corazón la empujaba hacia un abismo de rabia que solo se calmaría con justicia.

Al día siguiente de su llegada y con la lista en la mano, caminó por el Puerto de Veracruz con determinación. En su mente, solo había una misión: encontrar al padre Nicolás y hacerle pagar por los horrores que había cometido. La lista conseguida en la parroquia del padre Alberto era una herramienta y una maldición. Cada nombre, cada dirección, era un recordatorio de los pecados que los clérigos habían ocultado bajo la sotana.

El nombre del padre Nicolás en la lista la llevó a una parroquia a las afueras de la ciudad, un edificio modesto y olvidado por el tiempo. Mientras caminaba hacia la parroquia, Fabi podía sentir cómo la ira en su pecho crecía con cada paso. El calor sofocante del puerto solo alimentaba su rabia, cada latido de su corazón era como un tambor que la empujaba hacia un abismo donde se encontraría con el cura Nicolás, cara a cara. Sus pensamientos eran una mezcla de recuerdos y promesas no cumplidas, pero una cosa era segura: el padre Nicolás iba a pagar.

Al entrar en la parroquia, el olor a incienso rancio y madera vieja golpeó las fosas nasales de Fabi. El lugar, oscuro y apenas iluminado por las velas, parecía más una cripta que un sitio de culto. El sacristán, un hombre que parecía haber sido moldeado por las sombras, apareció casi de la nada, con sus ojos pequeños y huidizos fijos en ella. Su sotana negra arrastraba el polvo del suelo mientras se acercaba.

Fabi sintió el peso de la mirada del hombre sobre ella, como si pudiera leer sus intenciones con solo observarla. Ella no estaba allí para andarse con rodeos. Avanzó hacia el sacristán, su sombra parecía devorar la poca luz que había en la iglesia. El hombre temblaba, apretando la pequeña cruz en su pecho como si pudiera protegerlo de lo que estaba por venir. Pero sabía que no era así. En los ojos de Fabi, el sacristán vio algo que le heló la sangre: una furia fría, calculada, que no se detendría hasta obtener lo que quería.

—Quiero hablar con el padre Nicolás —dijo Fabi, con voz firme pero contenida.

El sacristán vaciló. La inseguridad en su semblante no pasó desapercibida para Fabi, quien dio un paso adelante, invadiendo su espacio personal, exigiendo una respuesta.

—Al padre Nicolás... todavía no lo han asignado a la parroquia —murmuró el sacristán, su voz temblaba, traicionando su intento de mantener la calma.

Fabi no se dejó engañar. Su instinto le decía que el hombre sabía más de lo que estaba dispuesto a revelar. Se acercó aún más, notando cómo el sacristán retrocedía ligeramente, como un animal acorralado.

—¿Dónde está? —presionó en voz baja y cargada de amenaza.

El sacristán bajó la mirada, incapaz de sostener la intensidad de los ojos de Fabi. Sabía que si seguía ocultando información, podría enfrentarse a consecuencias que ni siquiera los santos podrían evitar. Tragó saliva y, después de un largo silencio, levantó la vista para encontrar la furia fría que se reflejaba en el rostro de Fabi.

—Escuché que lo han mandado lejos, fuera del país —confesó al final con su voz en un susurro. —No sé más. Le juro que no sé más...

Fabi lo observó por unos segundos, asegurándose de que el hombre estaba diciendo la verdad. Luego, sin decir una palabra más, se giró y salió de la parroquia, dejando al sacristán hundido en un mar de temor y alivio por igual.

Decidió tomar un camino distinto: buscar a aquellos que habían sufrido en carne propia los abusos de Nicolás. Las casas de las víctimas eran humildes, muchas construidas con madera vieja y láminas corroídas por la salinidad del puerto. Fabi, con su presencia imponente, tocaba las puertas con una mezcla de autoridad y respeto. En cada casa, Fabi encontraba una historia distinta, pero el mismo dolor. Las madres, con los ojos enrojecidos y las manos temblorosas, hablaban en susurros como si al decirlo en voz alta se volvieran a abrir las heridas. Los niños, en su mayoría, se escondían detrás de las puertas o en los rincones oscuros, con miedo en sus caras. Y en cada rostro, Fabi veía reflejada la misma verdad: la justicia no había llegado. No hasta ahora.

En todos los hogares, era recibida con una mezcla de desconfianza y esperanza. Las madres apenas podían contener las lágrimas mientras Fabi hablaba con ellas, preguntándoles por lo ocurrido, pidiéndoles información, buscando una pista que la llevara a Nicolás.

Una de las madres, una mujer con los ojos enrojecidos por el llanto y la falta de sueño, sostenía una fotografía de su hijo en brazos mientras le relataba los horrores que habían vivido. Fabi escuchaba en silencio, con sus manos apretadas, luchando por contener la furia que amenazaba con desbordarse en cada palabra. Cada historia era un recordatorio de la magnitud de la maldad que había que erradicar.

Finalmente, en una de las casas, un padre que había estado callado durante toda la conversación, se acercó a Fabi. Este padre trabajaba en el muelle y había visto a Fabi con los del cartel más de una vez moviéndose entre los contenedores del puerto y, pensó que quizás esta mujer si que les podía hacer justicia. Sin pronunciar palabra, extendió una fotografía de Nicolás con sus manos ásperas por el trabajo duro. Cuando el hombre le entregó la fotografía, Fabi sintió que algo dentro de ella se rompía. La imagen del cura Nicolás, sonriendo como si llevara una máscara de santidad, era un recordatorio de todo lo que había destruido. Pero entonces, el padre rompió el silencio: –Lo mandaron a Los Ángeles. –Fabi sintió un nudo en el estómago. Al fin, tenía una pista sólida, y la caza estaba a punto de comenzar.

–Lo mandaron a Los Ángeles, –repitió el señor con voz firme algo quebrada por la tristeza. –Creen que pueden esconderlo allá, entre tanta gente. Él no merece esconderse, él merece pagar…

Fabi asintió, tomando la foto y guardándola en su chaqueta. Cada detalle que obtenía no hacía más que solidificar su decisión. Sabía que el viaje a Los Ángeles sería difícil, pero estaba más que dispuesta a llevar a cabo su misión, cueste lo que cueste. Y cuando se despidió de aquel padre, sintió la carga de la responsabilidad sobre sus hombros: no solo la suya, sino la de todas esas familias para hacer justicia. Pensó que quizás eso era el bien común al que se refería el padre Alberto. Pero no importaba cuán lejos hubiera corrido Nicolás, ella lo encontraría.

Al caer la noche, Fabi convocó a sus sicarios en un lugar discreto, lejos de oídos curiosos. Los hombres, curtidos y leales, la esperaban en silencio. Sabían que cuando ella hablaba, las palabras no eran solo órdenes, sino decretos inquebrantables.

—Se van a Los Ángeles, —anunció con voz cortante como una navaja. —Me van a traer al maldito cura. Aquí tienen algunas fotos. Ya he avisado al delegado de la Policía Federal de Caminos y Puertos que os ponga la guajolota a vuestra disposición. Abdul, te encargo el operativo.

Los hombres la observaban en silencio, con sus rostros duros como el acero. Sabían que cuando Fabi hablaba, no había lugar para dudas. Ella les dio las instrucciones con la precisión de un general, y en sus ojos vieron la furia de alguien que no se detendría hasta ver al padre Nicolás destruido. Ellos también sabían lo que estaba en juego, pero lo que los impulsaba no era solo lealtad, sino el miedo que Fabi inspiraba. Abdul asintió con una mirada firme. La cacería había comenzado.

La determinación en sus ojos no dejaba lugar a dudas. Los sicarios asintieron, preparados para la misión que se avecinaba. Para Fabi, el viaje a Los Ángeles no era solo una cacería; era el inicio del fin para el padre Nicolás. Y esta vez, no habría ningún escondite que lo salvara.

Fabi se quedó observando la foto del padre Nicolás mientras la noche caía. No importaba cuán lejos hubiera corrido, ella lo encontraría. Y cuando lo hiciera, él pagaría por cada grito silenciado, por cada niño roto. Su venganza era más que personal; era una promesa. Y no quedaría ningún rincón en la Tierra que pudiera salvarlo de su destino.

OCHO

El sol comenzaba a caer sobre la ciudad de Los Ángeles cuando la avioneta de la Policía Federal de Caminos y Puertos aterrizó en una pista privada, oculta entre las colinas. El sonido de los motores cesó al aterrizar, pero en el aire permanecía una sensación de inquietud. Abdul lideró a sus hombres hacia los vehículos que los esperaban, había calculado cada paso. El viento nocturno traía consigo el murmullo lejano de la ciudad, para ellos, Los Ángeles era solo un campo de caza. Los sicarios de Fabi, un grupo de hombres duros y silenciosos, descendieron uno a uno, sin intercambiar palabras innecesarias. Sabían que la misión que les había sido encomendada no requería de charlas triviales; el silencio era su aliado, tanto como la sombra.

Había que moverse rápido, antes de que las sospechas comenzaran a surgir. El contacto en la policía local, bien engrasado por años de corrupción y lealtad comprada, había proporcionado la información inicial. Su primer destino: la Catedral de Nuestra Señora de los Ángeles, un lugar donde la red de protección clerical se extendía como una telaraña.

La sede de la arquidiócesis se encontraba en la Catedral, un edificio imponente, con su arquitectura de piedra y vitrales coloridos que daban la apariencia de un refugio sagrado, pero los sicarios sabían que dentro de esas paredes se escondían secretos que no eran menos oscuros por estar bendecidos por la Iglesia.

Dentro de las imponentes paredes de la Catedral, las voces de los feligreses eran murmullos apagados en comparación con los secretos que se ocultaban bajo sus cúpulas. Los sicarios, expertos en mezclarse sin llamar la atención, descubrieron lo que buscaban: una red cuidadosamente tejida para proteger a los curas que, bajo nuevos nombres, intentaban lavar sus pecados. La indignación de Abdul creció en silencio, una furia fría que se alimentaba de la injusticia que se cernía sobre ellos.

Casi nadie sabía quién era Abdul, ni mucho menos lo que pensaba. Los años habían forjado en él una capa de silencio y frialdad que solo aquellos cercanos a él, como Fabi, comprendían. Sus primeros recuerdos estaban marcados por el polvo y el sudor de los mercados donde su madre trabajaba vendiendo frutas y verduras. Mientras ella regateaba con los clientes, Abdul se pasaba las horas oculto bajo el mostrador de las verduras dentro de una reja de tomates, un espacio reducido que para él era más que un refugio temporal; era su mundo. Desde allí, observaba el ir y venir de los demás, aprendiendo desde muy pequeño el valor del silencio y la capacidad de volverse invisible.

Sus únicos "amigos", si podían llamarse así, eran los otros niños que, al igual que él, vivían a la sombra de las mesas de los mercados, esperando recoger las sobras: frutas magulladas o verduras caídas, cualquier cosa que les permitiera sentir, que también formaban parte de ese mundo caótico y sucio. Sus caras, manos y rodillas siempre estaban cubiertas de una capa de polvo y suciedad que los hacía indistinguibles del entorno. Entre esas sombras de polvo y sudor, Abdul aprendió las primeras lecciones de la vida: observar, esperar y actuar solo cuando era absolutamente necesario. Desde esa caja de tomates en la que se pasaba los días, comenzó a desarrollar su carácter.

Esa misma frialdad fue la que, años más tarde, lo llevó a convertirse en uno de los hombres más confiables de Fabi. Él veía en ella a alguien que, al igual que él, había crecido en un mundo de injusticias y había aprendido a sobrevivir sin pedir permiso. Sus caminos se cruzaron en un momento en que ambos necesitaban algo que el otro podía ofrecer.

Para Abdul, la lealtad hacia Fabi no se trataba sólo de obediencia, era una total conexión por la similitud de su niñez.

Los hombres se movieron con precisión, preguntando discretamente aquí y allá, haciendo las conexiones necesarias, y pronto descubrieron que Nicolás no era el único que había sido trasladado. Había varios curas bajo protección, todos con sus nombres cambiados, intentando borrar sus antiguos pecados con nuevas identidades. Tal como les había advertido el policía de los ángeles. La indignación silenciosa de los sicarios crecía a medida que entendían la magnitud del encubrimiento, pero su misión era clara: encontrar a Nicolás y llevarlo de vuelta a Veracruz.

Después de horas de búsqueda dieron con el sacerdote. El cura, ahora conocido por otro nombre, se había refugiado en una parroquia pequeña y modesta, tratando de pasar desapercibido. Pero no había un escondite lo suficientemente profundo para escapar de Fabi y sus hombres. Sin levantar sospechas, lo capturaron al caer la noche, rápido y eficiente, como un rayo que golpea en la oscuridad.

El vuelo de regreso a Veracruz fue silencioso. El cura no emitió ningún sonido mientras lo arrastraban al avión, pero su respiración se aceleraba con cada paso. Sabía que sus días de protección habían terminado. En la oscuridad de la cabina, sintió cómo el sudor frío le recorría la espalda. En su mente se mezclaban los recuerdos de sus pecados. La misericordia que la Iglesia le había concedido no estaría allí esta vez.

Al llegar al puerto, fueron directamente a una gran casa en los cerros frente a la Villa Rica de la Veracruz, un lugar apartado, donde el rugido del océano llegaba como un eco lejano.

Fabi esperaba en una sala, decorada con austeridad, que había dispuesto para el encuentro. Fabi permanecía en la penumbra, la luz de la lámpara colgante proyectaba sombras que bailaban en las paredes de piedra desnuda. En el centro, una simple silla de madera esperaba al prisionero. El cura fue arrastrado hacia adentro y forzado a sentarse. Sus ojos, desorbitados por el terror, recorrieron la habitación hasta posarse en Fabi. Ella, de pie frente a él, irradiaba una calma peligrosa, una tranquilidad que sólo precede a la tormenta.

Cuando la mirada de Fabi se encontró con la suya, el sacerdote sintió un frío que le recorrió el cuerpo entero. Ella no necesitaba levantar la voz para que el miedo le inundara; la calma en su tono lo hizo temblar aún más.

—Bienvenido de vuelta a casa —dijo Fabi, con una voz que rezumaba hielo. —Sé quién eres y qué has hecho. Ahora, lo que tienes que decidir es cómo de rápido me vas a contar todo lo que necesito saber.

El cura intentó hablar, y no lo logró, la mordaza le impedía hacerlo. Fabi hizo un gesto sutil con la mano, y uno de sus hombres se acercó para quitarle la mordaza. El sacerdote jadeó, respirando pesadamente, mientras las palabras intentaban escapar de su boca seca.

–Por favor, yo... yo no sé de qué me habla – logró balbucear. Su voz transmitía su miedo.

Fabi lo observó durante unos segundos, como si estuviera evaluando su valor. Luego, se inclinó hacia él, acercando su rostro al suyo, hasta que apenas un respiro los separaba.

–No juegues conmigo, Nicolás. Sé quién eres. Y si no empiezas a hablar, te prometo que esto será solo el principio de un infierno que no puedes ni imaginar.

El hombre temblaba, sus manos atadas detrás de la silla se sacudían ligeramente mientras la presión de la situación se hacía más intensa. Estaba solo, a merced de la mujer que lo miraba con unos ojos que no conocían la piedad.

–No me llamo Nicolás, se lo juro.

Fabi lo miró con atención, sus ojos se entrecerraron con escepticismo. En su mente, barajaba las posibilidades, pero no podía permitirse dudar en ese momento. Dio un paso atrás y cruzó los brazos, esperando. El silencio inundaba la habitación, la respiración acelerada del prisionero era el único murmullo.

—¿No me digas? —Su tono era cortante como un bisturí. Fabi dejó que las palabras se hundieran antes de continuar. —Quiero nombres. Quiero saber quiénes son los otros, dónde están, y cómo la Iglesia los ha estado protegiendo. Si cooperas, tal vez sobrevivas lo suficiente para arrepentirte. Si no... —Fabi dejó que la amenaza colgara en el aire, sabiendo que no necesitaba ser más explícita.

El cura cerró los ojos y una lágrima rodó por su mejilla. Sabía que no tenía escapatoria.

—Yo no soy Nicolás... —intentó decir de nuevo, la intensidad de la mirada de Fabi lo silenció. Al principio, las palabras del sacerdote salían como un torrente de disculpas y balbuceos. Cuando la mirada de Fabi lo atravesó, entendió que no había lugar para la clemencia. Lo que siguió fue una cascada de confesiones, una tras otra, cada una más sucia que la anterior. Fabi, inmóvil, absorbía cada detalle, cada nombre que caía de los labios del sacerdote como un veneno. Sabía que detrás de cada palabra había una verdad más oscura, una red de corrupción que alcanzaba los más altos niveles de la Iglesia.

Cuando el cura terminó, estaba agotado, física y emocionalmente. Fabi lo observó un momento más, luego hizo un gesto a sus hombres.

—Llévenselo. Todavía no hemos terminado.

Los sicarios lo arrastraron fuera de la sala, pero antes de que abandonaran la habitación, Fabi se dirigió a Abdul, con tono cortante como una hoja de afeitar.

−Quiero que verifiquen todo, ¿entendido? −Sus ojos se clavaron en los de Abdul, quien asintió con gravedad.

−Lo haremos, patrona −respondió Abdul, aunque en su voz se podía intuir una sombra de incertidumbre.

Fabi se quedó sola en la penumbra, el eco de las confesiones del cura aún resonando en su mente. No era solo el padre Nicolás quien debía pagar. Había una red entera de corrupción y abuso que debía ser desmantelada, y Fabi estaba más que dispuesta a hacerlo. Mientras el rugido lejano del océano se filtraba por las ventanas, supo que esto era solo el principio. El ajuste de cuentas sería implacable.

NUEVE

La señora Tules era la madre de la Flaca y madrina de Fabi. En toda la colonia Centro era considerada una persona santa. Sus charlas traían paz y consuelo a las personas que se acercaban a ella para pedir consejo.

Tules ya había observado que Fabi había perdido su paz interior y que su ira se iba forjando de una manera que daba miedo.

Una tarde, Fabi se acercó a la cuartería para invitar a la Flaca y a su hermano pequeño, el Mocos, a ir a comer unas paletas percheronas de la paletería Saturno. Nada más entrar, Tules, que estaba sentada en una silla a la puerta de su casita, la llamó antes de que Fabi pudiera ver a los chamacos.

—Fabi, mi niña, ¿cómo estás? Hace tiempo que no te acercabas por aquí —le dijo Tules amorosamente.

—Estoy muy bien, madrina —contestó Fabi, risueña. —He tenido mucho trabajo y no he podido venir.

—Tu madre está muy preocupada, ya casi nunca la visitas —siguió Tules.

—Con mi madre ya no quiero saber nada, ella siempre me insulta y me quiere madrear.

—Qué cosas dices, tu madre te quiere mucho.

—Pues lo disimula muy bien.

Tules agarró la cara de Fabiola con sumo cuidado, y con sus manos chiquitas la bajó a su altura. Fabi era muy alta. Mirándola fijamente a los ojos, empezó a hablarle otra vez.

—¿Dónde está mi niña adorada, esa niña a la que llevé a bautizar? Ya no la veo, perdiste tu inocencia y ahora tus ojos están llenos de ira. La ira y la venganza no llegan a ningún sitio, solo traen violencia para todos.

—No pasa nada, madrina. Usted tranquila.

—¿Cómo quieres que esté tranquila si te veo siempre en zozobra? No tienes sosiego en tu vida. Y tu madre no para de llorar. Tienes que reflexionar, tu camino no te lleva a ningún lugar de paz. Ya sé que nunca te acercaste al Señor, pero lo de ahora parece una tormenta en formación.

—Tules... no se preocupe. Cada una ha de hacer su vida. Hasta luego, voy por su hija a invitarle unas percheronas.

La pobre señora se quedó triste. Veía perfectamente que Fabi no haría caso a nadie y que encaraba su perdición.

Fabi entró al patio de la cuartería a buscar a los chamacos. En un instante cambió de idea, la charla de Tules la había afectado, aunque fuera muy poco y no quisiera aceptar nada de lo que le dijo.

Mientras Fabi escuchaba las palabras de Tules, una parte de ella quería reírse y desecharlas, como había hecho con tantos otros sermones en su vida. Pero no podía. Tules no era como los demás; había sido su madrina, la mujer que la había sostenido en sus brazos cuando apenas era un bebé. Aunque su rostro no mostrara más que desdén, dentro de Fabi algo se removía, un eco lejano de la niña que había sido, antes de que la vida la endureciera.

Dejó la troca aparcada cerca de la cuartería. En las visitas más personales muchas veces pedía a

Abdul que no la acompañase. A pie tomó rumbo hacia el centro de la ciudad. En este paseo, de unos quince minutos, mientras se alejaba de la cuartería, Fabi sentía el peso de las palabras de Tules como una piedra en el estómago. Sabía que tenía razón, que la ira la estaba consumiendo. No podía permitir que esa verdad penetrara en su conciencia. "No, no hay lugar para la paz en mi vida", pensaba, casi como si intentara convencerse a sí misma. Las palabras de Tules seguían resonando en su cabeza, como un eco persistente que no podía ignorar del todo.

Se topó de frente con la Catedral y entró en el café de La Parroquia. Se oía el murmullo de la gente. Como música de fondo sonaba la marimba que se encontraba en el exterior. Se escuchaban los tintineos que creaban las cucharas al chocar contra los vasos; era la forma de pedir la leche para convertir sus cafés en unos deliciosos lecheros. En ningún otro lugar había encontrado Fabi un lechero ni tan siquiera parecido. Idas y venidas, pero siempre Veracruz y en Veracruz: el café de La Parroquia.

Suaves risas y pláticas pausadas se escuchaban en todas las mesas. Los meseros se movían sigilosamente entre ellas. Sensación de paz entre tanta gente, café, marimba, y la sensación de pertenecer a un lugar, a un puerto antiguo, donde los sonidos de hoy se mezclan con los de otros tiempos.

Sentada en el café de La Parroquia, rodeada por los cuchicheos de las mesas y el tintineo de las cucharas, Fabi se permitió un instante de nostalgia.

Este era el único lugar donde sentía una verdadera conexión con el pasado, donde la violencia y el caos de su vida parecían tan lejanos como el rugido del puerto. Pero incluso aquí, en este refugio familiar, sabía que la paz era solo una ilusión. Al apartar su lechero vacío y el platillo que contenía los restos de la bomba con natas que había degustado, sintió que ese pequeño momento de calma se desvanecía, dejando solo la sombra de lo que vendría.

Sacó un listón de color verde esperanza que había comprado en el camino. Lo desdobló con cuidado y se puso a escribir encima de la cinta: "No creo en ninguno de ustedes, pero para que no se diga te lo pido a ti, Chárbel Makhlouf. Como te acaban de canonizar, quizás estés menos corrupto que todos los santos a los que hemos venerado desde siempre. Te ruego que intercedas por los niños de Veracruz; dicen que has obrado milagros, te pido que los protejas de los sacerdotes que se aprovechan de ellos y les hacen todo tipo de porquerías. Te prometo, Chárbel Makhlouf, que si no acabas con ellos, lo haremos nosotros. Tu Dios nos ha puesto en su camino".

Con cuidado, se quitó una arracada de su oreja derecha, y la prendió al final del listón. Dobló con sumo cuidado la cinta, empezando por el pendiente, y se la volvió a meter en el bolsillo.

Pagó la cuenta, le dio su propina al mesero y salió del café de La Parroquia. Cruzó la calle Independencia y se adentró en la catedral. Se acercó a la capilla donde estaba la figura de San Chárbel

Makhlouf, sacó la cinta y la amarró en una especie de soporte habilitado para que los feligreses colgaran sus votos y peticiones. Junto a otras muchas prendas, su arracada colgaba del listón destacando sobre las demás. Al amarrar el listón al soporte, Fabi sintió una extraña calma, aunque sabía que no creía en esas cosas. La arracada que había prendido al listón no era solo un adorno, era un pedazo de ella misma. Como si, de alguna manera, estuviera ofreciendo una parte de su propia historia a cambio de una justicia que sabía que no vendría de los cielos.

–La vida de esos sacerdotes está en tus manos, te dejo la arracada en prenda de mi promesa. Tienes un mes para que cesen los abusos, solo un mes. –murmuró en voz baja, antes de abandonar la capilla–, sabiendo que lo más probable era que su propio plazo fuera mucho más corto que eso.

Al salir de la catedral, Fabi sintió que una puerta se había cerrado detrás de ella. No la de la iglesia, sino la de cualquier oportunidad de redención. El juego estaba en marcha, y los curas no sabían lo que se les venía encima. Con cada paso que daba hacia el exterior, sentía que la calma que había buscado en vano dentro del templo era reemplazada por una fría determinación. Sabía que no habría intervención divina; el destino de esos hombres estaba sellado, y ella sería la mano que los llevaría a su final.

DIEZ

El Trompas llevaba ya varios años brindando "protección" al cártel de Veracruz. Su extorsión a cambio de dicha protección, le generaba cuantiosos ingresos, manteniéndolo en una posición cómoda y poderosa dentro de la Policía Judicial. El Trompas, cuyo verdadero nombre era Jesús Acuna, había logrado sobrevivir en la Policía Judicial no por su habilidad para hacer cumplir la ley, sino por su talento para aprovecharse del sistema. Era un hombre de tratos bajo la mesa, de favores sucios y extorsiones disimuladas bajo la fachada de "protección".

El jefe de la plaza era un hermano de la Flaca, quien la utilizaba para llevar el dinero en efectivo hasta el penal de Allende, donde también se encontraban las oficinas de la Policía Judicial. El penal de Allende tenía un aire opresivo. Las paredes grises, impregnadas de humedad y el humo de los cigarrillos, reflejaban la podredumbre de las operaciones que se llevaban a cabo en su interior. Los pasillos eran oscuros, apenas iluminados por las luces parpadeantes que colgaban del techo.

En aquella época, la Flaca era apenas una niña de doce o trece años, con el pelo rizado tipo afro y un aspecto desaliñado. En su bicicleta, junto con otro chamaco, un negrito un poco mayor que ella, se convertían en los mejores correos para no levantar sospechas.

En la entrada de las oficinas del penal, siempre había un carrito vendiendo tamales y chucherías varias. La contraseña era simple: dejaban la bicicleta recargada al lado del puesto y se sentaban frente al carrito, esperando. Al poco tiempo, salía un agente, compraba cualquier cosa en el carrito, y le decía a la Flaca que la estaban esperando.

La niña entraba con el dinero y se sentaba en la salita de espera hasta que la secretaria, una mujer con más aspecto de prostituta que de secretaria, la hacía pasar a la oficina del inspector.

—¿Lo quiere revisar? —preguntaba la Flaca al entregar el dinero.

—No, faltaba más, yo trabajo con gente honrada y de palabra —respondía el inspector, con un tono paternalista.

Esto ocurría cada mes. Un día que el chamaco negrito estaba accidentado Fabi se ofreció a acompañar a la Flaca.

Cuando llegaron al penal, la Flaca le pidió a Fabi que se quedara junto al carrito a esperar y Fabi no quiso.

—Yo no me quedo, el limosnero y el ladrón es él —dijo Fabi, y sin mediar más palabras, se dirigió hacia las oficinas. La pobre Flaca estaba atónita.

Al entrar, Fabi dejó a todos con la boca abierta. Su figura imponente, su andar sensual y provocativo no dejaban a nadie indiferente.

—Oye tú, muchacha, dile a tu jefe que necesito hablar con él —dijo Fabi dirigiéndose a la secretaria.

El Trompas, que tenía la puerta entreabierta, vio a Fabiola y su interés despertó de inmediato.

—¡Qué barbaridad! Nadie me dijo que estabas esperándome, pásale, hija —dijo el jefe, de manera sorprendentemente amable, dirigiéndose a Fabi.

—Aquí está el dinero —le dijo, mientras lo depositaba sobre el escritorio. —Si por mí fuera, le haría firmar. Es igual, todo el mundo sabe que usted es un extorsionador de mierda. –Si quiere contarlo... –Fabi giró sobre sus talones y salió de la oficina sin esperar respuesta, seguida de una Flaca que no sabía cómo reaccionar.

Por primera vez en mucho tiempo, Jesús Acuna, el temido Trompas, se sintió impotente y mientras veía a Fabi salir de la oficina con la cabeza en alto, supo que no había nada que pudiera hacer para detenerla.

La sola idea de que el Trompas pensara que podía mirarla como un objeto más para su colección le revolvía el estómago. Para Fabi, él no era solo un hombre; era el símbolo de todo lo que estaba mal en su mundo. Los hombres como él se creían con derecho a todo: al poder, al dinero, y hasta a las mujeres. Pero Fabi estaba allí para demostrarle que estaba equivocado. En ese instante, cuando lo miró a los ojos, supo que no dejaría que nadie, mucho menos un hombre como él, la controlara.

En Veracruz, la reputación del Trompas era bien conocida: no se le desafiaba sin consecuencias. Fabi no era como los demás, y cuando ella apareció en su vida, él supo que había encontrado un tipo de desafío que no estaba acostumbrado a enfrentar. El inspector se había acostumbrado a que todos lo temieran, a que la gente bajara la cabeza y cumpliera sus órdenes sin cuestionarlo. Pero Fabi no era como ellos. Ella lo miraba sin miedo, con un desprecio que él nunca había experimentado. En sus ojos, el poder que el Trompas creía tener se desvanecía. Era un sentimiento nuevo para él, y no le gustaba nada.

Una vez fuera, la Flaca, aturdida por el comportamiento de Fabi, le dijo:

—Así no es, nos va a regañar mi hermano Carlos.

Fabi ni siquiera se molestó en responder.

La Flaca continuó, como de costumbre, haciendo sus entregas cada mes, pero al cabo de un par de visitas, el Trompas no pudo contener su curiosidad y le preguntó:

—No sería posible que en una próxima visita te acompañe aquella señorita tan encantadora...

—¿Cómo que visita? Yo vengo a pagar lo que nos cobra —respondió la Flaca con desconfianza.

—Bueno, digámosle visita —insistió el Trompas, esbozando una sonrisa que pretendía ser amigable.

—No creo —respondió la Flaca antes de marcharse, todavía incómoda por la petición.

En cuanto tuvo la oportunidad, la Flaca le contó a Fabi que el Trompas, cara de perro, había preguntado por ella.

—¡Cómo se atreve! Las florecitas no están hechas para los hocicos de los cerdos. Ese no es ni hombre, es un asco, una caricatura. Voy a ir, nada más para decírselo en la cara —dijo Fabi con una determinación que no dejaba lugar a dudas.

En la próxima entrega programada, Fabi acompañó a la Flaca nuevamente, esta vez no la dejó entrar. Fabi entró sola a las oficinas, con una furia contenida que se reflejaba en cada paso que daba.

—Lo primero es que ya no vamos a venir aquí. Si quiere el dinero, venga a buscarlo —dijo Fabi, enfrentando al jefe de la policía con la misma altivez que había mostrado antes—. Y segundo, ¿cómo se atreve a ni tan siquiera voltear a verme? Ni en mis más pesadas y asquerosas pesadillas se me hubiera ocurrido nada con usted. Usted es muy poco hombre para mí.

Sin darle tiempo a reaccionar, Fabi se dio la vuelta y salió de la oficina, dejando al Trompas boquiabierto, mientras la Flaca, que había escuchado todo desde fuera, la seguía con una mezcla de admiración y temor.

ONCE

La pequeña celda en la que mantenían al cura era un espacio lúgubre, sin ventanas, apenas iluminado por una minúscula luz que pendía del techo. Las paredes de concreto, húmedas y agrietadas, parecían cerrar cada vez más el reducido espacio, intensificando la sensación de claustrofobia. El aire era denso, cargado de un silencio opresivo que solo se rompía por los esporádicos gemidos del prisionero, que yacía encogido en una esquina.

Los sicarios de Fabi irrumpieron en la celda sin hacer ruido, pero su presencia llenó el espacio con una sensación de peligro inminente. Sin mediar palabras, lo agarraron con brusquedad, lo arrastraron fuera de la celda y lo condujeron por los oscuros pasillos del recinto, donde el eco de sus pasos resonaba en el vacío. Sabía a dónde lo llevaban, y el terror comenzó a apoderarse de él de manera palpable.

Finalmente, llegaron a la sala donde lo habían interrogado el día anterior. Lo sentaron en la silla en el centro de la estancia, fría y hostil. Fabi lo estaba esperando, con una calma que hacía temblar incluso a los hombres que la servían.

Fabi lo miró con desdén antes de comenzar a hablar.

—¿Ya tuviste tiempo de reflexionar si eres Nicolás o no? Si no eres Nicolás, ¿cómo te llamas? –preguntó, su voz gélida, sin un atisbo de compasión.

El cura, aterrorizado, tragó saliva antes de responder con un hilo de voz.

—Mi... mi nombre es José Rajoy —dijo con sus ojos enrojecidos por el llanto, buscaba una pizca de humanidad en Fabi. Lo que encontró fue un abismo impenetrable. La desesperación lo consumía mientras intentaba aferrarse a su fe, a la idea de que de alguna manera, algún día, habría redención para él. Pero en ese momento, frente a la mujer que lo observaba con ojos fríos y calculadores, sintió que hasta Dios lo había abandonado

Fabi frunció el ceño, claramente escéptica. Sin darle tiempo a reaccionar, lo abofeteó con fuerza, el golpe resonaba en la estancia como una advertencia de lo que estaba por venir.

—¡No me mientas! —espetó, con la voz cargada de una furia contenida.

El cura gimió, estremecido, mientras las lágrimas comenzaban a acumularse en sus ojos. Pero Fabi no estaba dispuesta a detenerse allí. Ordenó a sus hombres que lo desnudaran por completo, y sus ropas fueron arrancadas con una violencia que dejaba claro que no había lugar para la misericordia. Cuando el hombre estuvo completamente desnudo, los sicarios comenzaron a golpearlo con toallas mojadas. Los golpes resonaban como truenos en la pequeña sala. Cada vez que la toalla mojada impactaba contra su cuerpo, el sacerdote sentía cómo sus músculos se contraían en un espasmo de dolor. El aire se volvía irrespirable, y cada jadeo que lograba expulsar era como una puñalada en sus costillas magulladas. Las paredes de la habitación parecían acercarse, amplificando cada grito, cada golpe, como si el lugar mismo fuera cómplice de su sufrimiento.

Fabi observaba, con los ojos fijos en cada reacción del prisionero, buscando alguna señal de mentira, algún rastro de culpabilidad que pudiera confirmar su verdadera identidad. A pesar del sufrimiento evidente del cura, algo en su interior la mantenía en vilo. No estaba segura de que este hombre fuera Nicolás, y la incertidumbre la carcomía.

Los golpes cesaron por un momento, solo para dar paso a métodos más brutales. Los sicarios sabían cómo infligir dolor sin dejar marcas evidentes, y se aseguraron de que cada minuto fuera una tortura insoportable para el prisionero. Lo ataron a la silla, con su cuerpo desnudo cubierto de magulladuras y cortes, tenía la respiración cada vez más entrecortada y jadeante. Fabi se acercó a él con su rostro a escasos centímetros del suyo.

–Dime la verdad –susurró, con voz baja y peligrosa–. ¿Eres o no eres Nicolás?

El hombre, ahora roto, repetía entre sollozos que era José Rajoy, un sacerdote español nacido en Orense, Galicia. Pero Fabi aún no estaba convencida.

Mientras uno de los sicarios continuaba con los métodos más despiadados, otro entró en la habitación y se dirigió hacia Abdul, que había estado observando en silencio. Le susurró algo al oído. La información hizo que Abdul frunciera el ceño, y rápidamente se dirigió hacia Fabi.

–Patrona, hay algo que debe saber –dijo Abdul, con un tono solemne que indicaba la gravedad de lo que estaba a punto de revelar. Se acercó a ella y dijo en voz baja–. Hemos verificado la identidad de este hombre. Su nombre es José Rajoy, nacido en Orense, Galicia, España. No es Nicolás.

Abdul, siempre en silencio, había aprendido a leer las señales de Fabi mejor que nadie. Sabía cuándo estaba en su límite, y este era uno de esos momentos. Al acercar a ella para informarle de la verdadera identidad del hombre, sintió una sombra de duda, una preocupación por cómo ella reaccionaría. Aunque nunca lo admitiría, había un respeto mutuo entre ellos, una comprensión tácita de que, en el mundo en el que vivían, las emociones no tenían cabida.

Cuando Abdul le dijo la verdad en su oído, Fabi sintió como si el suelo se desmoronara bajo sus pies. Había dedicado tanto tiempo, tanto esfuerzo, y ahora se daba cuenta de que había estado persiguiendo una sombra. No mostró ninguna emoción exterior, pero dentro de ella, un temporal se desataba. La rabia burbujeaba justo bajo la superficie, no solo por haber fallado, sino porque, en ese preciso instante, se sentía vulnerable. Vulnerable ante la posibilidad de equivocarse. Fabi sintió una punzada de frustración en su interior. No era simplemente el hecho de que podría haberse equivocado, sino que odiaba la sensación de no tener el control total. La incertidumbre la corroía, una emoción que rara vez permitía que la dominara. Mientras observaba al hombre quebrado frente a ella, una voz en su interior le decía que no todo estaba bien. La posibilidad de haber malgastado su tiempo y recursos en alguien que no era su objetivo hacía que la rabia en su pecho se avivara aún más. Su rostro no mostró ninguna emoción, pero sus ojos brillaron con una mezcla de furia y frustración. Sin dirigirle una palabra más al cura, levantó la mano, indicando a los sicarios que se detuvieran.

—Llévenselo de regreso a la celda —ordenó Fabi con frialdad.

Los sicarios, sin cuestionar la orden, desataron al hombre medio inconsciente y lo arrastraron fuera de la sala. Mientras se lo llevaban, Fabi permaneció inmóvil, sus pensamientos giraban en torno a lo que había descubierto. La búsqueda de Nicolás continuaba, y ahora, más que nunca, estaba decidida a encontrarlo y hacerle pagar.

En algún momento, Fabi había dejado de ver a sus enemigos como personas. Eran piezas en un tablero, obstáculos a derribar, y no le importaba cuántos debían caer antes de que alcanzara su objetivo. Mientras observaba al sacerdote, no sentía compasión, solo impaciencia. Era un nombre más en una lista, y si no era Nicolás, lo descartaría sin más. La justicia, en sus manos, era una máquina fría y eficiente, y no había espacio para dudas o remordimientos

DOCE

El Obispo de Veracruz, con su rostro de paternal benevolencia y su sotana impecable, era un hombre que sabía cómo jugar sus cartas. Su relación con el cártel había sido fructífera a lo largo de los años; sabía cuándo pedir y cuándo dar. Carlos, el hermano de la Flaca, era su contacto más cercano dentro de la organización, y siempre estaba dispuesto a complacer los caprichos del clérigo, ya fuera por convicción o por conveniencia.

En una de las elegantes salas de la residencia episcopal, el Obispo se encontraba reunido con Carlos. Las paredes de la sala estaban adornadas con retratos de santos y cruces doradas, pero la conversación que allí se llevaba a cabo distaba mucho de ser santa.

—Carlos, sabes que la Iglesia siempre ha estado comprometida con el bienestar de la comunidad —dijo el Obispo, con su voz suave y medida—. Sin embargo, en estos tiempos difíciles, las parroquias necesitan más apoyo que nunca. La última tormenta dejó muchos daños, y me temo que los fondos son insuficientes para cubrir las reparaciones.

Carlos, un hombre corpulento con un semblante serio, asintió con la cabeza. El Obispo le había pedía dinero muchas veces, y siempre había cumplido. Después de todo, mantener una buena relación con la Iglesia era beneficioso para los negocios.

—No se preocupe, Su Excelencia. Haremos una donación sustancial para las reparaciones. El cártel está aquí para ayudar —respondió Carlos, con una sonrisa que no llegaba a sus ojos.

El Obispo sonrió satisfecho. No pasó mucho tiempo antes de que su expresión cambiara, como si algo más pasara por su mente.

—Hay... otro asunto, Carlos —continuó el Obispo, bajando la voz como si estuviera a punto de revelar un secreto—. Sabes que he sido un fiel servidor de Dios, pero también soy un hombre con necesidades. Y bueno... se avecina una celebración importante, y me gustaría que la velada sea... especial.

Carlos entendió inmediatamente a qué se refería. No era la primera vez que el Obispo le hacía este tipo de solicitudes. Carlos, que había trabajado con el Obispo durante años, sabía que no podía negarle nada. Últimamente, cada vez que el clérigo le pedía "favores especiales", una punzada de incomodidad lo atravesaba. "Es por los negocios", se decía a sí mismo. "Mantener a la Iglesia de nuestro lado es clave". Sin embargo, mientras escuchaba la nueva solicitud del Obispo, no podía evitar preguntarse cuánto más estaba dispuesto a soportar para mantener esa alianza.

—Por supuesto, Su Excelencia. ¿Cuántos jóvenes necesita esta vez? —preguntó Carlos, sin titubear.

—Unos diez serán suficientes. Todos mayores de edad, por supuesto —respondió el Obispo, con una sonrisa que revelaba un destello de lujuria.

Mientras el Obispo hablaba con su tono suave y seguro, Carlos fingía una sonrisa. "Todo esto es un juego peligroso", pensaba. Sabía que el cártel necesitaba mantener a la Iglesia cerca, pero, ¿a qué precio?

La reunión terminó con una promesa de discreción y complicidad. Unos días después, la residencia episcopal se llenó de vida. La noche estaba en su apogeo, y el Obispo había organizado una fiesta privada en uno de los salones más apartados del edificio. El lugar, decorado con luces suaves y un ambiente festivo, era un contraste con la solemnidad habitual de la residencia.

El Obispo se ajustó la sotana frente al espejo, complacido por la imagen que proyectaba: un hombre de Dios, inmaculado y piadoso. Pero en lo más profundo, sabía que su vida estaba lejos de la santidad que predicaba. "Dios da bendiciones, y yo solo disfruto de las que me ha concedido", se decía a sí mismo mientras repasaba mentalmente las solicitudes que haría esa noche. Para él, su posición no solo era un llamado divino, sino también una puerta abierta a los placeres terrenales, una paradoja que manejaba con maestría.

La música resonaba por los pasillos. Los jóvenes, vestidos con trajes elegantes, habían sido instruidos para complacer a los invitados. Entre ellos, el Obispo que era el alma de la fiesta.

La sala estaba llena de una música suave y ritmos sugerentes, mientras el Obispo paseaba con una copa de vino en la mano, riendo y disfrutando de la compañía de los jóvenes. Las luces tenues y las velas creaban sombras danzantes en las paredes, una atmósfera de celebración que contrastaba con la solemnidad habitual. El olor a alcohol impregnaba el aire, mezclándose con el incienso que se quemaba en las esquinas. "La Bamba" empezó a sonar, y el Obispo, con una energía sorprendente, alzó las faldas de su sotana y se unió a la pista de baile, moviéndose con la soltura de alguien que había dejado de lado cualquier rastro de decoro.

El Obispo, que había predicado la modestia y la templanza durante años, ahora movía las caderas al ritmo de la música, riendo y disfrutando como si fuera un hombre libre de toda responsabilidad. Los jóvenes lo rodeaban, aplaudiendo y vitoreando, mientras él bailaba con una energía inesperada.

La fiesta continuó hasta bien entrada la madrugada. Los muros que normalmente guardaban los secretos del clero ahora presenciaban escenas de desenfreno y excesos. Sin embargo, cuando la música se apagó y las luces se atenuaron, el Obispo volvió a ser el mismo hombre serio y devoto que el pueblo conocía. Se despidió de los jóvenes con una bendición, como si todo lo que había sucedido esa noche fuera un simple acto de caridad.

Cuando la fiesta terminó y los jóvenes se fueron, el Obispo se quedó solo en la sala. Se quitó la sotana y, mientras se miraba en un espejo, no pudo evitar soltar una sonrisa. Para el mundo, seguía siendo el piadoso guía espiritual, pero él sabía que detrás de esa fachada se ocultaba una vida de excesos y secretos. "Dios perdona todos los pecados", se dijo a sí mismo, justificando sus actos mientras una sensación de satisfacción oscura lo invadía. Para él, su doble vida no era una contradicción, sino una muestra de su habilidad para controlar todos los aspectos de su existencia.

Pero aquellos que habían estado presentes sabían la verdad. La doble vida del Obispo, entre la devoción y el vicio, era un secreto a voces que corría entre los pasillos oscuros de las parroquias y las calles de Veracruz.

TRECE

Fabi estaba sentada en su escritorio, rodeada de documentos, mientras repasaba la lista de los curas pederastas que había obtenido. Cada nombre en la lista era una sentencia, una promesa de que ninguno de esos hombres escaparía de su destino. Para Fabi, aquella lista era más que simples nombres: era una crónica de sufrimiento que solo ella podía corregir. Y aunque sabía que su camino estaba lleno de sombras, no había lugar para el arrepentimiento. Al pasar su dedo por la columna de nombres, su atención se detuvo en uno en particular: José R. La inicial resonó en su mente como una campana de advertencia.

Fabi pensó en el hombre que tenían preso, José Rajoy. Las coincidencias empezaron a encajar, y cuanto más leía sobre las atrocidades atribuidas a ese tal José R., más claro se le hacía que debía ser el mismo. Los detalles en la lista describían a un hombre cruel, alguien que había infligido un sufrimiento inimaginable a sus víctimas. Era uno de los peores, y si este José R. era de hecho José Rajoy, entonces había mucho por lo que hacerle pagar.

La decisión estaba tomada. Fabi sabía que no podía confiar en nadie más para corroborar su sospecha. Por lo tanto, decidió visitar a los padres de las víctimas, ahora no tan niños, para confirmar si el tal Rajoy era el mismo que había dejado una estela de dolor y destrucción.

La tarde siguiente, Fabi se dirigió a un barrio humilde donde vivían algunas de las familias afectadas. Al llegar a la casa de una de las madres, el ambiente era tenso. La mujer, una señora de mediana edad con el rostro marcado por el dolor y el resentimiento, no necesitó mucho tiempo para identificar a José Rajoy cuando Fabi le mostró una fotografía.

La madre, al ver la fotografía, se llevó las manos al rostro, como si el tiempo hubiera retrocedido y todo el dolor de aquellos días volviera a golpearla.

—No puedo... no puedo... —murmuraba entre sollozos—. Fabi la observaba en silencio, su propia furia ardiendo bajo la superficie. Esta mujer, y muchas otras como ella, merecían algo más que lágrimas.

—Sí, ese es el maldito —dijo la mujer, con su voz cargada de amargura—. No se me olvidará su cara, ni las cosas que les hizo a los niños. Espero que lo pague con su vida.

Mientras se despedía, las palabras de la mujer avivaban la ira contenida en el cerebro de Fabi. Ahora estaba segura. José Rajoy era José R., y era hora de que enfrentara las consecuencias de sus actos.

De vuelta en su base, Fabi se reunió con Abdul. Le explicó la situación con una frialdad que ocultaba la rabia que hervía en su interior. Le pidió que reuniera a los sicarios para el día siguiente y le dio instrucciones precisas: todo debía hacerse con el máximo sigilo. Ni Carlos ni nadie de la organización debía enterarse de lo que estaba por suceder.

—Esto queda entre nosotros —advirtió Fabi, con la mirada clavada en los ojos de Abdul—. No podemos dejar ningún cabo suelto.

A la mañana siguiente, el cura José Rajoy fue sacado de su celda una vez más. Esta vez, sin embargo, no había ninguna duda en los ojos de Fabi. La tortura que siguió fue atroz. Los golpes resonaban como latigazos en la sala, cada uno más fuerte que el anterior. Los sicarios trabajaban con una precisión casi quirúrgica, rompiendo huesos y desgarrando carne. Fabi no pestañeaba. Observaba, esperando alguna señal de arrepentimiento en los ojos de Rajoy, pero todo lo que veía era el reflejo de su propia oscuridad.

Fabiola observaba con una calma escalofriante. Este hombre, que había causado tanto sufrimiento, ahora pagaba por sus crímenes de la manera más brutal posible. No había redención, no había perdón. La muerte era la única justicia que merecía.

Finalmente, el cuerpo del curita no soportó más. Con un último estertor, el cura exhaló su último aliento. Pero para Fabi, su trabajo no estaba terminado.

—DeshágMayMonden de él —ordenó, con voz tan fría como el acero—. Quiero que lo descuarticen y disuelvan en ácido. No debe quedar ni rastro de este hombre.

Los sicarios asintieron, cumpliendo con la orden sin vacilar. El cuerpo fue desmembrado y sumergido en un barril de ácido, donde se desintegró sin dejar evidencia alguna. Fabi observó hasta que todo rastro de José Rajoy se había desvanecido, como si nunca hubiera existido. Mientras miraba el cuerpo del sacerdote desintegrarse en el ácido, una sensación de vacío comenzó a apoderarse de ella. ¿Era esta justicia lo que esperaba? El hombre estaba muerto, pero el peso de las atrocidades cometidas seguía colgando en el aire. La venganza había sido brutal y la paz interior seguía siendo tan esquiva como siempre.

Cuando todo terminó, Fabi se levantó, como si hubiera asistido a una reunión más. No había satisfacción en sus movimientos, solo una resignación fría y distante. Mientras los sicarios limpiaban el desastre, ella ya pensaba en el siguiente nombre de la lista, su única guía en este mar de venganza.

Con cada vida que apagaba, Fabi sentía que su mundo se volvía un lugar más oscuro, más insensible. Y aunque sabía que su venganza no traería de vuelta la paz a las víctimas, no podía detenerse. No hasta que el último de esos hombres pagara por lo que había hecho. La justicia era fría, y la paz, quizás, nunca llegaría. Pero eso no importaba, porque para Fabi, no había vuelta atrás.

CATORCE

Fabi decidió ir ella a Los Ángeles. No quería más sorpresas, esta vez debía encontrar al padre Nicolás y llevarlo de vuelta a Veracruz. Como era habitual, contactó con su enlace en la Policía Federal para asegurarse de que todo estuviera en orden con el transporte. Sabía que no le fallaría; su relación con el jefe del destacamento había sido sellada en más de una ocasión con encuentros íntimos, y el apuesto policía seguía prendado de ella.

Al anochecer, aterrizaron en una pista oculta entre las colinas de Los Ángeles. Fabi viajaba con Abdul, su mano derecha. No quería a más personas en esta ocasión; la discreción era primordial. El viaje lo hicieron en casi total silencio. Abdul, como de costumbre, no hablaba mucho, y la jefa tenía la mente ocupada con la caza de su presa.

Fabi mantenía la compostura, pero por dentro, la expectativa de tener finalmente a Nicolás en sus manos alimentaba una mezcla de ira y satisfacción. Había esperado tanto tiempo para este momento, que ahora cada paso que daba hacia su captura parecía una victoria anticipada. Sabía que no se permitiría disfrutar de la venganza hasta que todo estuviera hecho. El rostro de cada niño abusado desfilaba por su mente, avivando el fuego de su decisión.

Abdul manejó con precaución hasta el hotel donde se hospedaron, ocupando habitaciones separadas, como era costumbre. Nada más registrarse, el recepcionista entregó a Fabi una nota que había dejado un inspector de la policía local, su contacto en Los Ángeles. El mensaje era claro: habían localizado al que parecía ser el padre Nicolás.

La nota decía: *"El tipo está en la iglesia St. Anthony, en San Bernardino. Ahora se hace llamar Primitivo Sánchez."*

Fabi preguntó al recepcionista cuánto tiempo tomaría llegar a San Bernardino. "Alrededor de una hora en carro", le respondió. Le indicó a Abdul que saldrían temprano al día siguiente.

La mañana llegó con el calor sofocante que recordaba al puerto de Veracruz. El trayecto hacia

San Bernardino fue tranquilo. Fabi, sentada en el asiento del copiloto, le dio instrucciones claras a Abdul mientras se acercaban a la parroquia St. Anthony. Los Ángeles se extendía ante ellos como una ciudad indiferente, donde el tráfico denso y el bullicio de la vida cotidiana ocultaban los secretos más oscuros. Mientras conducían hacia San Bernardino, el aire en el coche era denso, cargado con una tensión que parecía amplificarse a medida que se acercaban a la iglesia. Fabi, observaba la ciudad con una mirada penetrante, como si en cada esquina se escondiera un nuevo peligro

—Daremos una vuelta primero, quiero ver el lugar sin levantar sospechas —dijo Fabi con calma.

Estacionaron el vehículo a dos cuadras de la parroquia, un edificio modesto, de los años cuarenta, con una arquitectura típica de los pequeños pueblos de California. Fabi salió del carro con un vestido de Chanel en tonos rojos, sus tacones altos realzaban su estatura y le daban una figura imponente que llamaba la atención a cualquiera que la viera pasar.

Se acercó a la puerta principal de la iglesia, que parecía estar cerrada, pero al empujarla, notó que estaba entreabierta. Entró en silencio, con paso firme. Al adentrarse en la capilla, una voz aflautada le dio la bienvenida desde una pequeña oficina.

—Buen día —dijo Fabi con una sonrisa calculada.

—Buen día tenga usted, soy el diácono Juan —respondió el hombre, con esa misma voz aflautada que le daba un aire infantil.

—Encantada —respondió Fabi, fingiendo interés—. Estoy comprometida y mi prometido y yo estábamos considerando casarnos en esta parroquia. Todavía no vivimos por la zona, pero pensamos establecernos en San Bernardino. —Mintió Fabi, manteniendo un tono amistoso.

—¡Qué alegría! —exclamó el diácono, visiblemente emocionado—. El padre Primitivo es quien se encarga de las bodas. Si quiere, puedo llamarlo, pero ahora no está. Llegará a eso de las doce, siempre comemos juntos.

Fabi sonrió, manteniendo su fachada.

—No hay problema. Estaré por aquí a las doce para hablar con él. Muchas gracias.

—¿Con quién tengo el gusto? —preguntó el diácono, con ojitos de cordero.

—Betty —mintió de nuevo Fabi antes de salir.

Regresó al carro y le explicó la situación a Abdul, con cierta frustración.

—Regresaremos sobre las once y media. Esta vez entrarás tú a la iglesia y te lo llevarás. Llamaré al inspector para que nos tenga un coche de policía por si algo sale mal —dijo Fabi con determinación.

A las once y cuarto, Abdul estaba ya frente a la iglesia, y el coche de policía que Fabi había solicitado estaba estacionado a una cuadra. Fabi observaba desde el asiento trasero, mientras Abdul esperaba su señal.

El padre Nicolás caminaba hacia la iglesia St. Anthony como lo hacía cada mañana. Abdul lo vio desde lejos, reconociéndolo de inmediato; las fotos que habían estudiado no dejaban lugar a dudas.

Cuando Abdul vio al cura caminando hacia la iglesia, el tiempo pareció ralentizarse. Los pasos del sacerdote resonaban en sus oídos como una cuenta regresiva, y cada segundo parecía una oportunidad para que todo saliera mal. Con movimientos rápidos y precisos, Abdul lo agarró por el cuello y le tapó la boca con un pañuelo. El cura forcejeó un segundo, con sus ojos desorbitados por el pánico, pero el éter hizo su trabajo. Nicolás se desplomó, su cuerpo quedó inerte y vulnerable. Abdul lo arrastró hacia el coche de policía como si fuera una presa cazada.

—Es él —dijo Abdul con certeza, mientras cargaban al hombre inconsciente en el vehículo.

Con Nicolás atado y amordazado, regresaron a la pista donde la avioneta de la Policía Federal los esperaba. El trayecto de vuelta a Veracruz fue silencioso, el ambiente en el avión era tan pesado como la culpa que Fabi imaginaba pesaba sobre Nicolás. No había redención para él, y pronto lo sabría. El avión cortaba el cielo nocturno en silencio. En la mente de Fabi, una tormenta de pensamientos no dejaba de retumbar. Nicolás estaba por fin en sus manos, en lugar de alivio, solo sentía una calma inquietante, como el silencio que precede a un huracán. Sabía que el verdadero trabajo comienza ahora. El vuelo a Veracruz le pareció eterno, cada minuto un recordatorio de lo que estaba a punto de desatar sobre el sacerdote.

Al aterrizar en Veracruz, el cura fue trasladado sin demora a la lúgubre celda donde había estado José Rajoy antes de su muerte. Cuando lo arrojaron a su interior, Nicolás se despertó desorientado y aterrorizado. La oscuridad era total, y el aire en la pequeña celda era tan pesado que sentía que se ahogaba. Podía oír el sonido de sus propias respiraciones agitadas, y a lo lejos, los pasos de sus guardianes que se alejaban resonando como una sentencia de muerte. Sabía que su tiempo se estaba agotando, y que el juicio sería inapelable.

QUINCE

El padre Nicolás en la lúgubre celda no era consciente del destino que lo esperaba. La luz tenue que colgaba del techo arrojaba sombras inquietantes, mientras su respiración, aún acelerada por el miedo, se hacía eco en las paredes de concreto. El silencio era sofocante, roto solo por el débil sonido del agua goteando en algún rincón.

Fabi observaba desde la entrada de la celda. Sabía que no podía fallar. Esta vez, debía asegurarse de que Nicolás pagara por cada uno de los pecados que había cometido. No había margen para el error.

—Despiértalo —ordenó Fabi, con la voz firme y gélida.

Los sicarios que la acompañaban no tardaron en obedecer. Le arrojaron un cubo de agua fría al rostro. Nicolás, aturdido, abrió los ojos de golpe, sus manos estaban atadas detrás de la espalda, y su cuerpo temblando por el frío y el miedo.

Con un gesto rápido, Fabi ordenó a sus hombres que empezaran. Los sicarios llevaron al cura con prontitud a la sala y le despojaron de sus ropas, arrancándolas con brutalidad, dejando a Nicolás expuesto y vulnerable. El primer golpe llegó rápido, un látigo de cuero que cortó el aire y se estrelló contra su piel desnuda. Nicolás gritó de dolor con su cuerpo retorciéndose en el suelo húmedo de la sala.

A medida que observaba los gritos ahogados de Nicolás, Fabi sentía una extraña mezcla de satisfacción y vacío. Había soñado con este momento durante mucho tiempo, y ahora que lo tenía enfrente, algo dentro de ella parecía más frío, más hueco. "¿Es esto todo lo que hay?" pensó fugazmente. Desechó ese pensamiento tan rápido como había llegado. No podía permitirse debilidades, no ahora.

—Esto es solo el principio —dijo Fabi con su mirada fija en el hombre que se revolcaba ante sus pies.

La primera sesión de tortura fue meticulosa. Los sicarios alternaban entre golpes y descargas eléctricas, aplicadas con precisión para infligir el máximo dolor sin matarlo. Cada grito de Nicolás resonaba en la celda, pero Fabi no se inmutaba. Sabía que los monstruos como él merecían cada segundo de sufrimiento. Las quemaduras en su piel empezaban a formar ampollas, y el olor a carne quemada impregnaba el aire.

Durante horas, Nicolás fue sometido a torturas sistemáticas con su cuerpo quebrado y su espíritu más cerca de la desesperación. Sentía cómo su mente se resquebrajaba. Cada golpe, cada descarga eléctrica, lo empujaba más lejos de la realidad. El dolor no era solo físico, sino un abismo interminable que lo devoraba por completo. Rogaba en silencio, sabía que no había redención posible. No después de todo lo que había hecho.

La noche cayó sobre el puerto, y con ella llegó una pausa. Fabi ordenó que lo dejaran descansar en la celda, no por compasión, sino para que el sufrimiento fuera prolongado. Lo peor aún estaba por venir.

A la mañana siguiente, Nicolás despertó en la misma posición en la que lo habían dejado. Tenía su cuerpo adolorido y los músculos agarrotados. Los sicarios no tardaron en aparecer, esta vez con Abdul liderando el grupo.

—Vamos, es hora de continuar —dijo Abdul con voz neutra.

Nicolás, incapaz de hablar por el dolor, fue arrastrado nuevamente a la sala de torturas. Fabi ya estaba allí, esperando. Esta vez, la tortura sería más meticulosa.

—Nadie puede salvarte, Nicolás. Ya no hay Dios que escuche tus plegarias —susurró Fabi, inclinándose sobre él.

Mojaron las toallas y comenzaron a golpearlo con ellas, aprovechando la humedad para intensificar el sufrimiento. El impacto de las toallas mojadas dejaba hematomas profundos, pero no cortaba la piel, lo que permitía que el tormento continuara sin riesgo de desangrarse.

Cada golpe lo acercaba más al borde de la inconsciencia. Fabi no estaba dispuesta a dejarlo ir tan fácilmente. Le ordenó a Abdul que trajera una sierra eléctrica. Nicolás, en pánico, trató de gritar, pero sus cuerdas vocales apenas respondieron. El miedo se apoderaba de su mente, cada vez más quebrada.

—Sufre por tus pecados, maldito —dijo Fabi, encendiendo la herramienta y acercándose a su pierna. No quería destrozarlo, era una tortura psicológica más. La sierra zumbaba en el aire, y Fabi pensó en cómo este hombre, que había desgarrado las almas y vidas de tantos niños, debería experimentar los desgarros en su propia carne.

Abdul observaba en silencio con sus ojos fijos en la figura destrozada de Nicolás. Mientras Fabi blandía la máquina, sus miradas se cruzaron brevemente. No había palabras entre ellos, solo una comprensión tácita de que lo que estaban haciendo los había cambiado para siempre.

Nicolás balbuceaba, tratando de pronunciar palabras coherentes, pero solo salían sollozos. Fabi lo observaba con ojos fríos, esperando, mientras el ruido ensordecedor de la sierra resonaba en la sala. Sin embargo, antes de que llegara a tocarlo, Fabi detuvo la máquina.

—Mañana seguiremos —dijo, retirándose de la sala, dejando a Nicolás en un charco de su propio sudor, de su sangre y de sus lágrimas.

La tercera sesión fue la más brutal. Fabi sabía que este sería el final, y quería asegurarse de que Nicolás sintiera cada segundo. Los sicarios lo desataron y lo colgaron de los brazos, sus pies apenas tocaban el suelo. En ese estado, su cuerpo estaba al límite.

—Esto es por cada niño al que destruiste —dijo Fabi, sus ojos reflejaban una furia contenida.

Nicolás, apenas consciente, no pudo responder. La tortura continuó, cada golpe más salvaje que el anterior. Finalmente, cuando Fabi sintió que el hombre no podía aguantar más, ordenó un último castigo: una incisión en la arteria femoral.

El dolor fue indescriptible, y Nicolás, roto física y mentalmente, solo pudo gemir mientras su vida se desvanecía lentamente. Fabi observó en silencio mientras el cuerpo del cura se debilitaba, hasta que finalmente cayó inerte y un ojo rebotó en el suelo.

Fabi permaneció en silencio unos segundos más, observando el cuerpo destrozado de Nicolás. Sabía que había llegado al final, que su venganza estaba completa. Pero una pregunta la atormentaba: ¿y ahora qué? Apretó los dientes, forzándose a no pensar en ello. La justicia no debía detenerse por las dudas.

—Traje una ropa interior para que se la pongan —ordenó Fabi, dándose la vuelta—. También una pintura de uñas y un labial, me lo dejan bien bonito, y le grapan unas florecitas en su hocico. Esta noche me lo llevan a la Laguna de Lagartos y lo atan entre la maleza. –dijo Fabi prendiéndole de la oreja la otra arracada que hacía juego con la que había dado en prenda al santo de la catedral.

Los sicarios asintieron y, sin perder tiempo, comenzaron el proceso.

Fabi se aseguraba de que cada detalle fuera perfecto. La ropa interior, las uñas pintadas, las flores en su hocico. No era solo una venganza física, sino también una humillación final. Quería que su cadáver fuera un espectáculo grotesco, un símbolo de lo que sucede cuando se abusa del poder. Quería que incluso los lagartos, en su hambre ciega, lo devoraran con desprecio.

DIECISÉIS

La mayoría de los cuerpos encontrados en el estado de Veracruz quedan desamparados en el momento de su muerte, tal como ocurre en el resto del país. Muchos son irreconocibles, y en otros casos, los familiares simplemente desisten de reclamarlos por miedo a las represalias. El cadáver hallado el 4 de octubre en la Laguna de Lagartos no iba a ser la excepción. Engrosaría la lista de cuerpos no identificados, catalogados en los registros oficiales como NN (Ningún Nombre). Para el sistema, sería otro número en una estadística. Descansaría en una fosa común, sin nombre ni pasado.

En los años setenta, México atravesaba una de las épocas más oscuras en cuanto a violencia e impunidad. Los cuerpos de las víctimas, en especial aquellos que morían de manera violenta, a menudo quedaban en el olvido, enterrados en fosas comunes o permanecían desaparecidos sin dejar rastro. Las familias que se atrevían a buscar justicia o a denunciar los crímenes eran ignoradas por las autoridades, cuando no eran ellas mismas amedrentadas. En aquellos años, las organizaciones de derechos humanos apenas comenzaban a levantar la voz, denunciando la complicidad del gobierno y la policía en una interminable cadena de abusos. Sin embargo, sus gritos de auxilio caían en oídos sordos. El sistema judicial estaba corroído por la corrupción, y para muchos, la justicia era una quimera lejana, reservada solo para quienes tenían el poder y los medios para comprarla. En ese ambiente de desesperanza, los cuerpos no identificados, como el encontrado en la Laguna de Lagartos, se convertían en cifras anónimas, perdidos en una estadística indiferente.

Lejos del bullicio de la morgue, Fabi estaba segura de que el cuerpo del cura quedaría en el olvido, como tantos otros. Sabía que el sistema lo reduciría a un número, a un caso más que jamás se investigaría a fondo. Pero para ella, eso no importaba. Lo único que le importaba era que no quedara rastro de él.

Al recibir el cadáver en el Servicio Médico Forense, la policía ya había emitido su veredicto superficial:

—Cuerpo masculino con ropas femeninas, es un gay. Los crímenes de homosexuales son pasionales, seguro es un ataque de celos dentro de un triángulo amoroso. Los crímenes entre gays son muy sádicos —sentenció un oficial, entregando el cuerpo con desgana.

La joven ayudante del forense, recién graduada, apenas podía creer lo que oía. En la universidad le habían enseñado que a los forenses les correspondía investigar de forma científica las causas de la muerte, señalando, en la medida de lo posible, la causalidad entre el daño y el deceso. Su inexperiencia contrastaba con la frivolidad con la que los policías sentenciaban la muerte, casi como si fuera un trámite más.

El cadáver desprendía un hedor insoportable, incluso fuera de la morgue. Estaba en avanzado estado de descomposición, y hacía varios días que había fallecido. Ni los agentes policiales ni el Ministerio Público entraron a la autopsia.

Mientras observaba el cuerpo, la joven ayudante del forense luchaba por contener las náuseas. Era su primera autopsia en el desempeño de nsu cargo, y aunque en la universidad le habían advertido sobre la brutalidad de algunos crímenes, nada la había preparado para esto. Sentía un nudo en el estómago, no solo por el estado del cadáver, sino por la indiferencia de los agentes. "Solo un homosexual más", había escuchado murmurar a uno de ellos. Para ella, sin embargo, era imposible ver este cuerpo como un simple número.

—Doc, hoy no vamos a entrar. Tengo cena con mi familia y no quiero llevar el hedor en mi ropa. Cuando tengan el informe, ya veremos qué decirle a la prensa —dijo un agente antes de marcharse.

El médico forense y su ayudante quedaron solos en la morgue, algo que no era inusual. Solo los agentes recién egresados asistían a las necropsias. Tras varias horas de trabajo, emitieron el siguiente informe:

INFORME DE NECROPSIA DEL OCCISO NO IDENTIFICADO HALLADO EN LAGUNA DE LAGARTOS

Por el Servicio Médico Forense del Estado de Veracruz, se ha practicado la necropsia del cadáver reseñado el día 4 de octubre de 1978, a las 19:00 horas, misión encomendada por el Agente del Ministerio Público, cuyos resultados exponemos a continuación:

INFORMACIÓN GENERAL

El cadáver fue hallado el 4 de octubre de 1978, a las 14:00 horas, en la Laguna de Lagartos, en el extremo noroeste, por unos ciudadanos que vendían piñas en un triciclo. La policía tardó más de tres horas en llegar, y cuarenta y cinco minutos después arribaron los peritos del Ministerio Público. El cuerpo estaba semidesnudo, con ropa interior femenina, sumergido parcialmente en la laguna, con el agua alcanzando unos diez centímetros por encima de los pectorales. Las extremidades inferiores, atadas en su momento a la maleza del fondo de la laguna, estaban muy destruidas por la putrefacción. Las extremidades superiores estaban sujetas a los arbustos de la orilla.

Miembros de la policía comentaron que el cadáver pertenecía a un homosexual y que los crímenes de homosexuales suelen ser pasionales, a menudo vinculados a triángulos amorosos o celos.

COMPROBACIÓN DE IDENTIDAD

Varón de raza caucásica, de unos cuarenta años, vestido con ropa interior femenina: brasier y pantaletas de algodón blanco, de estilo antiguo. Los labios estaban pintados, al igual que las uñas de las manos, ambos con esmalte color rosa con incrustaciones de escarcha. La cara mostraba restos de pintura, tanto de los labios como de las uñas. En las fosas nasales se encontraron restos vegetales, posiblemente florecillas engrapadas. En la oreja derecha llevaba una arracada prendida.

DESCRIPCIÓN EXTERNA

El cuerpo presentaba putrefacción generalizada de la cintura para abajo, con evidentes signos de haber sido devorado por peces. El cuero cabelludo mostraba veintiocho quemaduras al parecer producidas por cigarrillos, y, aunque el occiso padecía alopecia, hay signos de que había sido rasurado.

Facies dolorosa.

El músculo orbicular del párpado izquierdo estaba vacío; el vaciado del ojo se produjo en vida. La extremidad superior izquierda estaba fracturada desde el omoplato hasta el antebrazo. Se encontraron dos penetraciones por arma blanca en la vena femoral.

DESCRIPCIÓN INTERNA

El cartílago del seno paranasal derecho estaba destrozado. El esófago mostraba daños visibles. No se encontraron yemas en los dedos, ya que habían sido cortadas. Los genitales permanecían enteros, aunque en estado avanzado de putrefacción. No se pudo determinar si hubo penetración debido a la destrucción de la evidencia.

El hígado, visiblemente inflamado, indicaba fuertes contusiones y evitó que las vísceras estallaran. La zona pélvica mostraba fisuras provocadas por golpes contusos. El análisis de los excrementos reveló que el occiso no había ingerido alimentos en días.

DISCUSIÓN

Los médicos a cargo de la necropsia coincidieron en que el occiso fue sometido a intensas sesiones de tortura en vida. Las fracturas y heridas indican una brutalidad extrema. La causa de la muerte más probable es el desangramiento generalizado, debido a las incisiones en la arteria femoral, aunque no se descarta que el paro cardiorrespiratorio fuera resultado del dolor o el terror durante las sesiones de tortura. El médico forense examinó las quemaduras por cigarrillos en el cuero cabelludo. Veintiocho quemaduras. Esto no es algo que se vea en un simple crimen pasional. Estas heridas fueron hechas con precisión. Quien lo hizo sabía cómo infligir el máximo dolor sin matar inmediatamente.

CONCLUSIONES

SILENCIO EN VERACRUZ

El occiso murió de manera violenta, tras varias sesiones de tortura. La muerte se produjo días antes del hallazgo del cadáver, pero no podemos determinar si murió en el lugar donde fue encontrado o si fue trasladado después de fallecer.

Finalizada la autopsia a las 03:00 del 5 de octubre de 1978. Se adjuntan copias fotostáticas y fotografías.

Veracruz, 5 de octubre de 1978.

DIECISIETE

"Persona de sexo masculino, presumiblemente con tendencias homosexuales, ha sido encontrada sumergida en la Laguna de Lagartos. En estos momentos, la policía y el Ministerio Público están trabajando en el levantamiento del cadáver...", anunciaba la XEU por la radio en la casa de la Flaca. Al oírlo, Fabi se levantó del sillón de un salto y llamó la atención de su sicario.

–¿Me acompañas? Flaca.

–¿A dónde? Estoy de poca madre, tranquilita –respondió, apática.

—Encontraron a un tipo muerto. Vamos a verlo.

—¡Asuuu! Espero que no sea nadie que conozcamos.

—¡Noooo! —dijo Fabi, con una sonrisa juguetona.

—¿Será algún sicario de mis hermanos? —preguntó la Flaca, con una pizca de inquietud.

—Nooo, frío, frío —respondió Fabi, como si estuviera jugando a las adivinanzas.

—¿Alguna novia de mi hermano?

—Nooo, frío, frío. A esas, yo misma les aprieto el pescuezo. Vamos, súbete a la troca.

Ambas se subieron a la camioneta en compañía de Abdul, el silencioso sicario que parecía un tótem. Su rostro, inmutable, no mostraba emoción alguna. Fabi condujo con decisión hacia la salida norte de la ciudad. La Flaca, sentada en el asiento del copiloto, no sabía a dónde se dirigían, pero pronto comenzaron a pasar frente a la Parroquia Santa Vera-Cruz.

—¡Fabi, mira! Pone Santa Vera-Cruz —dijo la Flaca, señalando el letrero.

—En efecto, carnala. Hoy los feligreses harán una gran fiesta —respondió Fabi con una risa contenida.

Continuaron por la Avenida Veracruz hasta llegar a la Laguna de Lagartos. Rodearon la laguna hasta llegar a una aglomeración de curiosos que observaban la escena con suma atención. Fabi estacionó la camioneta, y los tres se bajaron, acercándose lo más posible hasta la cinta policial que delimitaba el área.

—Amaneció muerto este hombre —comentó Fabi, sin perder la compostura—. El muerto es maricón.

—Pero si aún no lo sacan, hay que esperar —replicó la Flaca, con evidente inquietud.

—No, yo lo mandé meter en la laguna. ¡Bájate y ven a verlo! Vamos a ver qué dicen estos culeros de la policía. Se lo merecía; lo bueno y lo malo te lo ganas a pulso. Y este, pues, era un pinche maricón de mierda. ¡Mira, trae uñitas pintadas y todo! Lo amarramos de los tobillos, pero ya ves cómo son de huevones, ni siquiera lo han desatado —dijo Fabi, con frialdad.

La Flaca empezó a marearse, sintiendo náuseas. Abdul, atento, la sujetó mientras ella se recostaba en su brazo.

Abdul, siempre en silencio, observaba a Fabi con una mezcla de lealtad y precaución. Sabía que su patrona era capaz de cualquier cosa, y aunque nunca cuestionaba sus órdenes, a veces se preguntaba si habría un límite para ella. Mientras sostenía a la Flaca, su mirada fija en la laguna reflejaba el entendimiento de un hombre que había visto demasiada muerte, pero la frialdad de Fabi siempre lograba sorprenderlo.

El estómago de la Flaca se revolvía más con cada palabra que Fabi pronunciaba. No era solo el horror de la escena, sino la frialdad con la que Fabi describía todo lo que había hecho. En su mente, se repetía una y otra vez: "¿En qué momento nos volvimos así?". La sensación de náusea no era solo por el hedor del cuerpo, sino por la brutal realidad que tenía frente a ella. "Fabi ya no es la misma", pensaba la Flaca, sintiendo cómo la sangre enrojecía su rostro.

—¿Estás segura? —preguntaba la Flaca, casi en un susurro.

—Tan segura como que soy Fabi, la más guapa de Veracruz —dijo riéndose a carcajadas—. Te dije que me las iba a pagar. ¡Vamos! A ver qué dicen los demás.

—Espérame tantito, déjame respirar —pidió la Flaca, con la voz débil.

—¡Ay, no empieces con tus mamadas! Ven, que no lo van a sacar ahora. Le puse un brasier y unos calzones de tu madrina, no iba a desperdiciar los míos —dijo Fabi, divertida, mientras la Flaca seguía alucinada—. Abre la boca y respira, saca el aire, otra vez... Ahora tápate la boca y respira por la nariz, tres veces. ¡Listo! Vámonos.

El aire alrededor de la laguna estaba cargado de humedad, y el hedor del cadáver flotando en el agua empezaba a invadir a los curiosos que se aglomeraban. El sonido de las ramas al crujir bajo los pies de la multitud se mezclaba con el murmullo inquieto de las señoras que susurraban entre ellas. A lo lejos, los gritos de los vendedores ambulantes intentaban competir con la macabra atención que acaparaba el cuerpo

Fabi se acercó a la multitud, poniendo cara de ingenua, y preguntó:

—¿Qué pasó?

—Unas personas que vendían tepache en un triciclo reportaron un muerto. Se le movía un brazo en el agua —respondió una señora.

—A huevo —murmuró Fabi a la Flaca—. Lo amarramos de las patas.

Siguieron caminando entre la multitud, y Fabi volvió a preguntar lo mismo a otro grupo de señoras.

—Es un hombre —dijo una de ellas—, pero fíjese que trae los labios pintados y brasier.

—¡Ay, Virgen Santa! —dijo Fabi, fingiendo preocupación—. ¿Y cómo fue?

—No se sabe. Apenas lo están sacando.

—¡Ay, Virgencita de Guadalupe! —repitió Fabi con voz de angustia.

La Flaca, cada vez más descompuesta, no podía creer lo que estaba sucediendo. "Lo mata, lo desmadra, y todavía viene a ver", pensaba, luchando por mantener el control.

—Acércate, Flaca, mira, le pinté las uñas —dijo Fabi, divertida.

—No, no, no... aquí me quedo —respondió la Flaca, alejándose.

—Tienes cara de borrego a medio morir —se burló Fabi.

—Me siento mal, me voy a recostar tantito con Abdul —dijo la Flaca, mientras Abdul la cargaba y la llevaba a la camioneta, donde la recostó en el asiento trasero.

—¡Dime algo! —inquirió Fabi. —¿Sabes a cuántos niños libré de este culero? A los que no pude, pues ni modo. ¡Reacciona! ¿Qué crees que les hacía a los chamacos? Y no te pongas tan dramática, que tú misma dijiste que le darías una rota de madre.

Para Fabi, este no era solo un cuerpo muerto. Era justicia, la única justicia que el mundo entendía. "Lo bueno y lo malo te lo ganas a pulso", se repetía a sí misma mientras observaba el cadáver en la laguna. En su mente, no había dudas: había librado al mundo de otro monstruo. Nadie más lo haría. Solo ella tenía el valor de hacer lo necesario, de enfrentarse a esa oscuridad que los demás preferían ignorar con su silencio.

Al conducir de regreso, Fabi sentía una calma que pocas veces experimentaba. La laguna de lagartos había sido el escenario perfecto para deshacerse de otro monstruo. Pero sabía que esto no era el final. "Siempre hay más", pensaba, mientras sus manos aferraban con firmeza el volante. "Siempre habrá más". Y mientras haya monstruos, Fabi estaría allí para cazarlos.

El regreso de la laguna le trajo muchos recuerdos a la Flaca, recuerdos de muchas andanzas que le había contado Fabi. De cuando su madrina mandaba a Fabi con unas bolsas enormes de servilletas y manteles que ella había lavado, para llevar al restaurante que estaba en la calle Zaragoza, y para acortar el camino Fabi pasaba por el mercado. Y que vió a un rintintero que empujaba a una señora mayor que iba con su nieta y le arrebataba la bolsa y salía corriendo como un desgraciado. Fabi le contó a su carnala que ese día iba muy cargada, que si no hubiera corrido para alcanzar al tipo.

En otra ocasión también le había contado que volvió a ver al rintintero, y que tenía unas ganas horribles de patearlo, por que eso no se hacía, que estamos todos jodidos y cómo vamos a robar a esa gente.

Un día sus madres fueron a dejar las ropas al restaurante y con lo que les iban a pagar les alcanzaría para pagar dos meses de renta. Se fueron y no llegaron, no llegaron y llegó Fabi, de esas veces que se aparecía. Y de cómo le dijo que estaba preocupada porque su madre y la de ella se habían ido hace mucho rato y no llegaban. Se fue rapidito a buscarlas, pero en lo que ella se fue, la madrina y su madre llegaron. Estaban bien madreadas, la madrina con la muñeca hinchada y su madre un brazo en carne viva. Un rintintero las había zorrajado por González Pagés y les había robado la bolsa. Fabi se enteró al llegar, vió a las dos heridas, pero no dijo nada. Ellas le dijeron que no vieron quién fue pero la señora de la pollería que a veces les regalaba bolsas con patitas de pollo le dijo a Fabiola que el rintintero trambucó a su mamá y a la madrina. Hijo de puta ya lo estamos cazando le dijo la señora.

La Flaca recordó que Fabi le había dicho ese día que juraba que no lo volvería a hacer y que todo eso nos pasa por jodidos.

Unos días después, se enteraron que el rintintero se había caído en la calle González Pagés y se había desnucado. Pero ella sabía la verdad, Fabi le había contado que lo había apedreado y que una vez en el suelo agarró una piedra y le dió un piedradón en la cabeza, y por si acaso no estaba muerto que había agarrado una pequeña navaja que llevaba y se la había clavado varias veces en el cuello.

Recordó también que durante muchos días, antes de que le dijera que había matado al rintintero, Fabi estaba lavándose y lavándose las manos muchas veces, durante el día, cosa que era muy rara. Nosotros cuidábamos mucho el agua, al no tener agua corriente se tenía que acarrear desde lejos. Fabi no era la misma desde aquella vez. Algo en ella cambió después de aquel día en González Pagés. Se volvió imparable, y aunque las manos le quedaban limpias, el alma se le ensució para siempre.

DIECIOCHO

El Obispo estaba sentado en su lujoso despacho, rodeado de libros y crucifijos dorados que reflejaban su posición de poder. Aunque su semblante era calmado, la inquietud se reflejaba en sus ojos.

—Comunícame con el jefe de la Policía Judicial —ordenó a su secretaria, con voz solemne.

La secretaria asintió, marcó el número y esperó mientras el teléfono sonaba. Tras un par de tonos, la grave voz del Trompas, se escuchó al otro lado de la línea.

—Inspector, el Obispo quiere hablar con usted —dijo la secretaria, antes de pasarle el auricular.

—Jesus, necesito verte —dijo el Obispo sin rodeos—. Ven al obispado esta tarde.

El Obispo no sólo era un hombre de fe, sino un estratega. Durante años, había usado su influencia en la comunidad para mantener a Jesús Acuna bajo su control. Con una palabra, podía levantar rumores que destruirían la reputación del jefe de la Policía Judicial, y ambos lo sabían. Este no era solo un favor; era una orden disfrazada de súplica.

El jefe de la Policía Judicial no se atrevía a desobedecer al Obispo. Después de todo, sabía muy bien que esa relación era clave para su poder en Veracruz. Llegó al obispado puntual, y la secretaria lo condujo directamente al despacho.

—Gracias por venir, Jesús —dijo el Obispo, levantándose de su silla—. Tenemos un problema muy grave.

El Trompas asintió, sin mostrar demasiada emoción. Se sentó frente al Obispo y cruzó las manos sobre su regazo.

—¿Qué problema, Su Excelencia?

—Han desaparecido varios sacerdotes —respondió el Obispo, su tono era firme, pero su rostro denotaba preocupación—. Y nadie sabe nada.

El Trompas se removió en su silla, incómodo.

—¿Dónde han desaparecido?

—En Los Ángeles, California —dijo el Obispo, bajando la voz como si estuviera compartiendo un secreto oscuro—. Algunos de nuestros sacerdotes fueron enviados allá para protegerlos de... ciertos asuntos. Pero ahora han desaparecido. Esto debe parar.

Jesús Acuna sentía una presión creciente en su pecho. Aunque había obedecido al Obispo muchas veces, algo en esta solicitud lo inquietaba. Desaparecer sacerdotes no era un juego que él pudiera controlar de una manera fácil. Se frotó las manos, intentando disimular la inquietud que lo corroía por dentro. Sabía que el poder del Obispo no era solo espiritual; era político, y eso lo hacía aún más peligroso.

—Con el debido respeto, Su Excelencia, eso no es de mi jurisdicción. Lo ocurrido en Estados Unidos tendrán que resolverlo los americanos. –El Trompas frunció el ceño.

El Obispo lo miró fijamente, sin pestañear.

—Eso es lo que me preocupa, Jesús. No creo que se trate de algo que los americanos puedan resolver. Estoy convencido de que los responsables de esas desapariciones son de aquí, de Veracruz. Esta es nuestra casa, y necesito que hagas algo al respecto. No podemos permitir que sigan desapareciendo sacerdotes como si nada. Quiero soluciones ya.

El Trompas respiró hondo, sabía que negarse no era una opción.

—De acuerdo, su Excelencia. Me pondré a investigar. Encontraré a los responsables —dijo, con su tono habitual de obediencia.

El Obispo se recostó en su silla, más relajado.

—Más te vale, Jesús. Porque si no lo haces, todos estaremos en peligro. Y ya sabes lo que eso significa.

El silencio que siguió a la última frase del Obispo cayó sobre la habitación como una losa de granito. Ambos sabían lo que estaba en juego. Veracruz era un terreno fértil para el poder y la traición, y cualquier movimiento en falso podría tener consecuencias fatales para todos los involucrados.

El Trompas asintió, se levantó y se dirigió hacia la puerta. Sabía que ahora tenía que moverse rápido. Las órdenes del Obispo no eran negociables.

Jesús salió del despacho con la sensación de que una sombra lo seguía. Mientras cruzaba el umbral, se permitió una última mirada hacia el Obispo, quien ahora observaba la cruz dorada sobre su escritorio con la calma de un hombre que sabía que, en este juego, tenía todas las cartas. Jesús aceleró el paso. No solo tenía una misión que cumplir, sino un reloj que empezaba a correr en su contra.

DIECINUEVE

La tarde caía poco a poco sobre Veracruz, y la brisa fría anunciaba la llegada del final del otoño. La Flaca estaba despidiéndose de "El Trompas", así llamaban al inspector en los círculos que no le guardaban respeto, después de una de sus habituales visitas.

—Dile a Carlos que se ponga en contacto conmigo. Necesito hablar con él cuanto antes —dijo el Trompas, con una mirada que no admitía demoras.

—De acuerdo, ya le diré —contestó la Flaca, visiblemente incómoda.

La niña no veía a sus hermanos a diario, ellos viajaban mucho. La Flaca tardaría alrededor de una semana en poder transmitir el mensaje.

—Gracias, carnala —respondió Carlos cuando recibió la noticia.

Carlos, sin perder tiempo, envió a uno de sus hombres de confianza a la jefatura de policía con la información. La nota especificaba una fecha, un lugar y una hora para el encuentro. Si el Trompas quería hablar, tendría que acudir bajo sus términos.

El encuentro se dio en un terreno baldío por Dos Caminos, en las afueras de la ciudad, justo como Carlos había indicado. Era media tarde cuando Jesús llegó, acompañado de un par de agentes de confianza. El aire fresco hacía la temperatura mucho más llevadera. Al llegar, vio que Carlos y sus sicarios ya lo esperaban. Bajo un frondoso árbol de mango, habían colocado una mesa plegable y algunas sillas. La escena, aunque informal, no dejaba de tener un aire de tensión controlada. El viento del norte barría las hojas secas del lugar, creando un murmullo constante que se mezclaba con el sonido lejano de los autos. El aire del otoño traía consigo un aroma a tierra mojada, mientras las ramas del mango se mecían vigorosas sobre ellos.

—Pasa, Jesús, te estaba esperando —dijo Carlos con una sonrisa relajada mientras señalaba una de las sillas—. Toma asiento.

Los sicarios de Carlos y los agentes de Jesús se mantuvieron a distancia, observando desde la sombra, preparados pero sin intervenir. Carlos, sin perder su habitual tono despreocupado, abrió una hielera repleta de cervezas.

—Si quieres, sírvete una chela —ofreció Carlos, manteniendo su aire casual.

—Gracias —dijo el Trompas agarrando una Corona.

—¿Qué era tan urgente? —preguntó Carlos.

El Trompas, serio y directo, no se dejó llevar por la falsa tranquilidad del entorno. Sabía que, aunque vivía de lo que el cártel le ofrecía, un paso en falso podría ponerlo en el lado equivocado de las balas. Su respeto por Carlos no era solo por miedo, sino por pura supervivencia.

—El Obispo me llamó hace unos días. Está muy preocupado por la desaparición de varios sacerdotes en Los Ángeles —dijo el Trompas sin rodeos—. Quiere saber si ustedes tienen alguna información al respecto.

Carlos frunció el ceño, confundido.

—Nosotros no sabemos nada de eso. —respondió con sinceridad, su voz cargada de perplejidad.

Jesús asintió, midiendo las palabras que seguirían.

—El Obispo cree que quien esté detrás de esto tiene que ser de Veracruz.

Carlos bufó, un poco molesto, pero sin perder la calma. Sabía que mostrar vulnerabilidad frente a Jesús podría ser un error. Había aprendido a manejar esas situaciones con astucia, manteniendo siempre una sonrisa relajada, mientras sus pensamientos navegaban en la intriga.

—Nosotros no nos metemos en esas tonterías. Tenemos buena relación con el Obispo, siempre lo hemos ayudado cuando lo ha necesitado.

—En la jefatura tampoco hemos recibido ninguna información que apunte a algo claro. Solo sé que ha habido casos recientes de curas pederastas en el estado... quizás esté relacionado.

Jesús terminó su cerveza y, sin más preámbulos, se levantó. Había dicho lo que tenía que decir. Si Carlos tuviera algo que compartir en el futuro, lo haría. No había necesidad de forzar la situación.

—Si averiguan algo, avísenme —dijo Jesús, antes de girarse hacia sus agentes.

Carlos, aún sentado, observó cómo Jesús y sus hombres se retiraban en dirección al centro. En cuanto estuvieron fuera de vista, Carlos llamó a su hermano el Güero que estaba entre los sicarios.

—El Trompas me contó algo raro... la desaparición de unos curas en Los Ángeles.

El Güero, siempre astuto, escuchó en silencio antes de hacer la pregunta que lo había rondado desde que Carlos empezó a contar la historia.

—¿No tendrá algo que ver Fabiola con esto?

—¿Cómo crees? —respondió Carlos, casi ofendido por la insinuación.

—No sé, la verdad es que me parece raro. Ya sabes que no puede ni ver a los curitas. Además, está bastante loca. No podemos preguntarle directamente, pero tal vez podamos averiguar algo por otro lado.

Ambos hermanos sabían que, cuando se trataba de Fabi, las cosas nunca eran simples.

Más tarde, cuando llegaron a la casa de su madre, la casualidad los sorprendió. La Flaca llegaba justo en ese momento, cargando una bandeja de barbacoa que Fabi le había enviado como regalo para su madrina. Fabi, al ver la troca de Carlos, decidió dejar a la Flaca a una cuadra de distancia, evitando así un enfrentamiento innecesario.

Dentro de la casa, los hermanos no tardaron en interrogar a la Flaca. La sentaron en la mesa del comedor, y aunque al principio Carlos se mostró calmado, no tardó en perder los estribos. —¡No te agarro de los pelos porque no quiero mortificar a mi madre! —gritaba Carlos—. Di algo, ¡habla!

Carlos sabía que Fabi era impredecible, y que la Flaca, aunque temerosa, siempre la defendía. Aquella mezcla de lealtad y miedo se veía reflejada en cada gesto, y por más que Carlos quisiera confiar en su hermana menor, la sombra de Fabi parecía extenderse sobre todos ellos

La Flaca, temblando, intentaba explicarse, pero el miedo le trababa la lengua.

—Fuimos a la Laguna de Lagartos, eso es todo —murmuró, incapaz de sostener la mirada de sus hermanos. La Flaca sentía una punzada de culpa cada vez que los ojos de sus hermanos se clavaban en ella. No quería traicionar a Fabi, y tampoco podía soportar la presión de aquellos que le habían enseñado a sobrevivir. Estaba atrapada entre dos lealtades, y cada vez que pensaba en hablar, el miedo la paralizaba.

—¡Estoy hasta la madre de tus excusas! —vociferó Carlos, desconfiando de cada palabra.

—Fabi me llevó... y nos encontramos con un cuerpo —continuó la Flaca, asustada, tratando de mantener la calma—. La policía estaba allí, y ella empezó a hacer preguntas, como cualquiera...

Los hermanos intercambiaron miradas de preocupación. Sabían que Fabi tenía una relación problemática con los curas. El temor de que estuviera involucrada en algo más grande comenzaba a asentarse en sus mentes.

Al final, dejaron que la Flaca se fuera, aunque Carlos seguía inquieto. Se quedó mirando a la distancia mientras la Flaca se marchaba. Sabía que algo más estaba ocurriendo. Podía sentirlo. Y cada vez que pensaba en Fabi, una sensación de peligro inminente le hacía arder el estómago. No tenía pruebas, pero sabía que todo se estaba conectando. Pronto, la verdad podía salir a la luz, y con ella, un ciclón se podía desatar.

Al día siguiente, la Flaca confrontó a Fabi, confesándole lo ocurrido.

—Mis hermanos me interrogaron —dijo con un nudo en la garganta.

Fabi la miró con calma.

—¿Qué les dijiste?

—Nada, que habíamos ido a la Laguna de Lagartos. Pero sabes que está mal eso de mentir a mis hermanos. —le contestó la Flaca con cara de preocupación.

—Tranquila. Yo me encargaré de esto —le aseguró, dándole un leve toque en el hombro.

Mientras, los hermanos de la Flaca comenzaban a atar cabos, la sombra de Fabiola se hacía más evidente. Sabían que ella era capaz de cualquier cosa, y aunque no tenían pruebas concretas, sus sospechas se iban solidificando cada vez más.

VEINTE

Fabi no solía aparecer con frecuencia, pero cuando lo hacía, lo primero era buscar a la Flaca y llevarla a comprar percheronas para todos los chamacos de la cuartería. Era casi una tradición no hablada entre ellas.

—Acompáñame, Flaca —dijo Fabi, como de costumbre.

La Flaca, siempre observadora, respondió con un comentario que rompió la rutina habitual:

—¿Sabes que ya hay un sacerdote nuevo en la iglesia?

Hacía meses que los habitantes de la cuartería no asistían a misa. La ausencia de un cura había sido motivo de distanciamiento.

—Mi mamá dice que este sábado tenemos que ir. Dice que nos estamos alejando de Dios, y que qué bueno que ya tenemos un nuevo padrecito. —comentó la Flaca, casi con resignación.

Fabi detuvo su caminar abruptamente, su rostro se endureció al mismo tiempo.

—¡No! No vayas —le espetó con voz grave.

La Flaca quedó en silencio, algo sorprendida por la intensidad en la voz de Fabi. Llegaron con las percheronas a la cuartería, donde la nieta de don Julián se acercó a Fabi para mostrarle un pequeño estuche con un cepillo y un espejito.

—Mira qué bonito —dijo la niña con una sonrisa orgullosa.

—Está lindo —respondió Fabi, examinándolo—. Te voy a comprar uno, Flaca.

La Flaca pensó para sus adentros: "*Bye*, ni lo pienses".

—¿Quién te lo regaló? —preguntó Fabi, siempre atenta a los detalles.

—El nuevo cura —respondió la niña con total naturalidad.

La cara de Fabi cambió en un instante. Algo en su interior se quebró, y su preocupación se reflejó de inmediato.

—No solo a mí —continuó la niña—. También a una niña de otra cuartería, Amelia. Le regaló una bolsita.

El semblante de Fabi se oscureció aún más.

—No mames, pero si es más pequeña que tú —dijo Fabi, con el tono de su voz cada vez más tenso, mientras su mente comenzaba a atar cabos. "Hijos de puta", pensó.

Ordenó a la Flaca que repartiera las percheronas al resto de los chamacos mientras ella se quedaba a solas con la niña. Su expresión había perdido toda dulzura.

—Este cura es nuevo, ¿verdad? —preguntó, tratando de mantener la calma.

—Sí —contestó la niña, un tanto extrañada por la pregunta.

—¿Cómo se llama? —inquirió Fabi con más urgencia.

—Carlos López, creo —respondió la niña.

Cada palabra de la niña resonaba en la cabeza de Fabi, una nueva preocupación se forjaba dentro de ella. El nombre del cura, Carlos López, empezó a encajar en su lista mental de monstruos que necesitaban ser eliminados. Ya había visto esto antes. Las sonrisas amables, los pequeños regalos. Era un patrón que conocía demasiado bien. Su rabia crecía, no solo por las niñas, sino porque le recordaba su propio odio hacia aquellos que habían destruido vidas enteras bajo el disfraz de la piedad. Solo pensaba en ir a consultar la lista de curas pederastas.

—Muy bien, pero escucha —dijo Fabi, suavizando su tono—. Ten cuidado con los adultos, y no dejes que nadie te toque, ¿me di a entender?

La niña asintió, y Fabi la dejó ir.

—¡Toma tu perchorona, que se te va a derretir! —dijo la Flaca al llegar al lado de Fabi.

—Que se derrita —respondió Fabi, tirando la perchorona al suelo—. Soy yo la que se va a derretir de lo encabronada que estoy.

Fabi salió de la cuartería con pasos rápidos, buscando a la niña Amelia. Cuando la encontró, esta le corroboró lo del regalo del nuevo cura.

—Pinche cura, lo voy a tronar —murmuró Fabi para sí misma, furiosa.

Pasaron varias semanas sin que nadie viera a Fabi, su trabajo en el cartel la tenía muchas veces ocupada sin poder acercarse a su cuartería. Y siempre aparecía como por encanto. Lo primero que le dijo a la Flaca fue claro y directo:

—No te quiero cerca de la iglesia. Ni siquiera pases por esa calle. ¿Entendido?

La Flaca asintió, Fabi no hablaba en broma. Justo en ese momento, se escuchó el rugido del motor de la camioneta de Carlos. Fabi se levantó para irse, pero Carlos la vio y le gritó desde la distancia:

—¡Ey, ey! ¿A dónde vas? ¡Ahí te quedas!

Fabi se detuvo en seco, como una estatua. La Flaca intentó interceder, caminando hacia su hermano:

—Oye, ¿por qué le gritas?

—¡Lárgate, Flaca! —le espetó Carlos, visiblemente molesto.

La hermana pequeña de Carlos se fue cabizbaja, sabiendo que cuando su hermano usaba ese tono, era mejor no insistir. Aunque intentaba mantenerse al margen, no podía evitar sentirse cada vez más dividida. Amaba a Fabi como a una hermana, pero cada día que pasaba, las decisiones de su carnala la ponían en situaciones más complicadas. Todo era muy confuso, por si fuera poco sabía que Fabiola estaba enamorada de su hermano Carlos, aunque su hermano siempre la hubiera rechazado. Empezaba a dudar si seguir siendo leal significaba mantenerse al margen o si debía intervenir antes de que todo explotara.

Las casas de las dos familias, si así se puede llamar a los cuartitos donde vivían, estaban una junto a la otra. A pesar del dinero que habían ganado los hijos, los padres de ambos nunca aceptaron nada y por eso seguían viviendo donde toda la vida.

Carlos agarró a Fabi del brazo y la metió en la casa a la fuerza. Apenas cruzaron la puerta, empezó a gritarle:

—¡Estás loca! ¡Más que loca!

Carlos no estaba preocupado solo por la seguridad de la familia, sino también por lo que los movimientos erráticos de Fabi podían significar para los negocios. La línea entre la venganza personal y el peligro para la organización era cada vez más delgada, y él lo sabía.

—¡Nos vas a comprometer a todos! —le dijo, apretando la mandíbula. Fabi no tenía tiempo para preocuparse por esas cosas, era un medio para su justicia, no un fin en sí mismo.

Fabi, impasible, ni siquiera parpadeaba ante los gritos. Mientras Carlos se desahogaba, ella se limaba las uñas, esperando que el sermón terminara. Sabía que su carnal se preocupaba, pero a ella le importaba poco.

Desde la cocina, su madre observaba la escena. Fabi siempre había sido la rebelde, la niña que nunca aceptaba un no, por respuesta. Antes, esa rebeldía tenía algo de inocente, algo que le recordaba a sí misma cuando era joven. Ahora, veía a su hija como alguien que se alejaba más y más, cada vez más fuera de su alcance. Se preguntaba, con tristeza, en qué momento la había perdido, y por qué cada oración que hacía por ella parecía quedar sin respuesta.

—Esta hija me tocó, ni modo. Que venga cuando quiera y que se largue cuando le dé la gana — murmuraba para sí misma, en el fondo, esas palabras eran solo una fachada. Su corazón se partía cada vez que veía a Fabi tan lejana y al mismo tiempo, su orgullo le impedía acercarse. Siempre pedía a Dios por su hija, aunque cuando la tenía cerca, prefería no verla.

VEINTIUNO

La noche en Veracruz era más fría de lo habitual, algo que Fabi agradecía. Al bajar de la camioneta, se frotó los hombros para entrar en calor mientras Abdul, su hombre de confianza, estacionaba el vehículo. La fría brisa no hacía nada para calmar la tormenta interna que la consumía.

Al entrar en su departamento, Fabi encendió la luz y rápidamente se sentó en su escritorio. Sacó la lista de los sacerdotes y, con el dedo recorriendo los nombres, encontró lo que buscaba: *Carlos López*. Cinco veces había sido cambiado de parroquia por el mismo motivo: *abusos a niños*.

—¡Hijo de puta! —gritó Fabi, mientras golpeaba la mesa—. ¡En esta parroquia ya no abusarás de nadie, se acabó!

Bajó las escaleras en busca de Abdul, quien ya esperaba instrucciones. Lo hizo subir a su despacho y juntos planearon la captura.

—Lo haremos mañana por la noche, pero pon a alguien a vigilarlo desde ya. No quiero que le dé tiempo de tocar a nadie más —le ordenó Fabi, con voz cargada de determinación.

Sabían que el cura no vivía en la parroquia; residía con su madre, una anciana, en una casa en las afueras, cerca del aeropuerto en construcción. Sin embargo, no necesitaron ir hasta su hogar. A la hora convenida, el sacerdote aún estaba en la parroquia, lo que facilitó el operativo. Abdul, junto con dos de sus hombres, se acercaron al cura y lo subieron a la camioneta sin mayor esfuerzo, llevándolo directamente a la casa donde solían realizar los "correctivos".

Fabi, vestida con un traje de charol negro que acentuaba cada curva de su figura, esperaba en la sala. Podía haber pasado por una dominatrix, y de alguna forma, eso era lo que buscaba transmitir: control absoluto sobre el destino del cura. Frente a ella, una silla vacía donde lo esposarían en breve.

Los sicarios entraron arrastrando al cura. Lo empujaron a la silla, le ataron las manos tras el respaldo y ajustaron las esposas con tal fuerza que el hombre gimió de dolor.

—Hola, Carlitos —dijo Fabi con una sonrisa burlona—. He estado estudiando tu historial. Se acercó al cura y su perfume llenó el aire, mezclado con el miedo de Carlos. Miss Dior llevaba en esta ocasión.

El rostro del cura se descompuso lentamente, el miedo se hacía evidente en cada uno de sus gestos.

—¡Quítenle la ropa! —ordenó Fabi, sin apartar la vista de él.

Los sicarios lo desnudaron con rapidez y sin ceremonias. El cura temblaba, vulnerable y aterrado.

—Oye, Carlitos, ¿con ese garbancito has causado tanto daño? —se mofó Fabi—. Has abusado de niños y niñas en cinco parroquias. ¿No tienes nada que decir?

El cura, con el rostro lleno de pavor, titubeó. No sabía que sería peor, si hablar o callar.

—¡Habla, cabrón! —le gritó Fabi, antes de tomar una fusta de cuero y darle un fuerte golpe en el rostro. La sangre brotó de inmediato de la herida abierta, y el cura gimió, estremecido por el dolor.

Cada vez que el golpe resonaba en la sala, Fabi sentía una especie de alivio oscuro. En su mente, cada grito era una deuda saldada, una injusticia reparada. Mientras el cura se desmoronaba ante sus ojos, Fabi no veía a un hombre, sino a los miles de niños que habían sido destruidos por hombres como él. Y ella estaba allí para hacer lo que nadie más se atrevía a hacer.

—¿No tienes nada que decir? —repitió, impaciente—. Defiéndete, por lo menos.

—No, señora, yo... yo nunca hice nada —balbuceó el cura, apenas audible.

—¿Así que el Obispo está loco? —increpó Fabi con desdén—. ¿Por qué entonces te habría cambiado cinco veces de parroquia en solo dos años?

Le dio otro latigazo, esta vez en el costado. El cura se encogió en la silla, llorando de dolor y miedo.

—Claro que has abusado de todos los que quisiste. Eres una basura, una bolsa de pus, un mal nacido. Pero no te preocupes, que yo te haré expiar tus pecados.

Se giró hacia los sicarios.

—¡Rómpanle las piernas! —ordenó, con un tono que no admitía réplica.

Uno de los sicarios tomó un pesado mazo de albañil. Sostenido por los otros dos, el cura apenas pudo resistirse cuando le rompieron la tibia de la pierna derecha de un solo golpe. El grito desgarrador llenó el cuarto antes de que se desmayara. Luego repitieron el proceso con la otra pierna.

Al principio, los gritos de Carlos López eran fuertes, casi desesperados, pero con cada golpe se iban apagando. Su respiración se volvía más pesada, sus palabras menos coherentes. Pronto, el hombre que había llegado con una sotana y una sonrisa se había reducido a un saco de huesos, con lágrimas y sangre ensuciando su rostro.

—Llévenlo a Punta Gorda —ordenó Fabi—. Entiérrenlo hasta la cintura en la pineda. Pongan azúcar y miel alrededor de su cuerpo. Quiero ver si las hormigas hacen el trabajo sucio.

La orden era clara. Los sicarios cargaron con el cuerpo inconsciente del cura y se lo llevaron. Fabi los alcanzaría al día siguiente.

Por la tarde, Fabi llegó acompañada de Abdul. La brisa entre los pinos era fría y tranquila. Cuando se acercaron al lugar donde habían dejado al cura, lo encontraron medio inconsciente, apenas aferrado a la vida. Abdul lo abofeteó hasta que recuperó la conciencia, aunque fuera de forma vaga.

—Mira, Carlitos, no te voy a matar. Eso sería demasiado fácil para ti. —Fabi se agachó, mirándolo directamente a los ojos—. Te vamos a llevar de vuelta a tu casa, para que te curen, te compren una silla de ruedas y pases el resto de tu vida sufriendo. Quiero que cada día recuerdes lo que hiciste. Y será mejor que no digas ni una palabra de esto, si aprecias tu vida.

Fabi se levantó y se alejó sin mirar atrás. Abdul dio la orden a los sicarios para que desenterraran al cura y lo llevaran a su casa.

Mientras el cuerpo destrozado de Carlos López era arrastrado de vuelta a Veracruz, los sicarios lo dejaron tirado en los escalones, como una advertencia silenciosa. El amanecer se acercaba, y pronto la luz del día revelaría el horror que había quedado allí. Las campanas de la iglesia sonarán por la mañana, pero esta vez, no para llamar a la oración. El sacerdote caído sería un recordatorio de que, en Veracruz, la justicia podía llegar de formas inesperadas.

Lo dejaron en la puerta de su casa, inconsciente y con las piernas destrozadas. Tocaron el timbre, y fue la madre del cura quien abrió. Al ver a su hijo en el suelo, se arrodilló y empezó a llorar. Varios vecinos vieron la escena y llegaron corriendo para ayudar, un par de ellos lo llevaron al hospital de inmediato.

VEINTIDÓS

El padre Carlos tardó una semana en estabilizarse, después de las varias intervenciones que le hicieron en el hospital. Su madre le preguntaba una vez y otra quién le había hecho esa salvajada. Pero el cura no decía nada, vivía aterrado por las atrocidades sufridas. Siempre contestaba que no sabía, que se olvidara.

La madre estaba desesperada, no sabía qué hacer pero se decidió a ir a ver al señor obispo. Vivían lejos del centro de Veracruz y el trayecto en camión se le hacía interminable. Cada sacudida del vehículo parecía empeorar la ansiedad que sentía en el pecho, una presión constante que casi no la dejaba respirar. Recordaba a su hijo de niño, con su sotana de monaguillo, lleno de promesas. Y ahora, la imagen de su hijo roto y humillado la atormentaba. Ella que no había ido mucho a la escuela dudaba en cómo debería hablar con el obispo.

La madre del cura Carlos se dirigió al obispado. En el obispado le dijeron que el Reverendísimo Señor se encontraba en la Catedral. La señora caminó por la calle Mario Molina hasta Independencia y se adentró en la iglesia. Traspasó la puerta de entrada y de inmediato encontró al Reverendísimo Señor junto a la capilla de San Charbel.

El obispo de vez en cuando daba unas vueltas por los lugares de la catedral donde los devotos dejaban sus ofrendas y sus peticiones. Ese día el obispo había tenido suerte en sus pesquisas, encontró una arracada de un oro finísimo que se llevaría para engrosar su pequeño tesoro.

La Señora se acercó y dijo con voz más bien trémula. −Señor Obispo, soy la madre del sacerdote Carlos López.

−¿Comó se encuentra, ya mejor? Me dijeron que había tenido un accidente muy feo. −respondió el obispo.

La señora se puso a llorar desconsoladamente. Las lágrimas que le caían de los ojos se mezclaban con los mocos que le salían de la nariz. Se secó, como pudo, con un pañuelo y empezó a hablar. −Señor obispo, no fue ningún accidente. Si viera cómo lo dejaron en frente de la casa. Lo torturaron muy feo.

–Qué dice señora, cómo pudo ser. Nadie me dijo nada.

–No podía, mi hijo estaba y aún está aterrorizado y no quiere contar nada. Ni quiero que se entere que vine aquí a pedir su ayuda.

El obispo que conocía los antecedentes del cura, enseguida pensó en la batida que alguien estaba llevando a cabo. "Estos malnacidos, no paran", pensó.

–Regrese a su casa y deje esto en las manos de Dios y en las mías propias. Vamos a solucionar este asunto. Si necesita alguna cosa no dude de ponerse en contacto con mi secretaria. Yo mismo atenderé la petición.

La madre, cabizbaja y conteniendo sus lágrimas, salió de la Catedral y se dirigió a la calle Zaragoza donde paraban casi todos los camiones.

El obispo leyó el listón que tenía entre las manos: "...Te ruego que intercedas por los niños de Veracruz; dicen que has obrado milagros, te pido que los protejas de los sacerdotes que se aprovechan de ellos y les hacen todo tipo de porquerías. Te prometo, Chárbel Makhlouf, que si no acabas con ellos, lo haremos nosotros. Tu Dios nos ha puesto en su camino". Tocó la arracada que estaba prendida al final y pensó que en ese listón estaba la clave del acecho a sus sacerdotes.

Regresó pensativo hacia el obispado, en su cerebro se iba formando una ira que no podía dominar. Sabía que la ira era uno de los siete pecados capitales, pero no la podía controlar. Dios le podía castigar por ello.

El Obispo, siempre acostumbrado a gobernar las sombras de su diócesis, sentía por primera vez que algo se escapaba entre sus dedos. Cada desaparición era un recordatorio de que, por más que intentara proteger a su rebaño, había fuerzas que no podía detener con oraciones ni influencias.

Entró con cara de enojo y no saludó a nadie. Se sentó frente al teléfono y llamó al inspector. No pudo hablar con él, se encontraba en un operativo. Le dijeron que tomaban nota y enseguida que llegara le llamaría.

El Trompas no llegó a su oficina hasta la mañana siguiente. Su secretaria todavía no había llegado. Una nota estaba encima de la mesa. En ella le comunicaba que había llamado el señor obispo y que quería que le devolviera la llamada.

Jesús bufó. Y en su cara se dibujó un gesto de hastío. "Otra vez el puto Obispo", pensó.

Era muy temprano, dejó pasar un par de horas y decidió ir a ver al "Reverendísimo" en lugar de llamar.

El coche patrulla aparcó frente al obispado, el Trompas bajó solo y se adentró en la residencia del señor obispo.

Preguntó por él en la recepción. La monja recepcionista llamó por el teléfono interior al Reverendísimo Señor. Le comunicó que el señor Jesús Acuna preguntaba por él.

El obispo le dijo a la recepcionista que le hiciera pasar a su despacho inmediatamente. Las palabras del obispo se atropellaban de lo rápido que quería ir.

–Suba a su despacho, señor Acuna, –dijo la monja.

El Trompas subió las escaleras a desgana. Sabía que entrar a la oficina del obispo solo le podía traer trabajo o preocupación. Tocó en la puerta con sus nudillos y el obispo le contestó, desde dentro, que pasara.

–Siéntate Jesús. Esto se está poniendo feo, esta semana han torturado a un sacerdote aquí mismo, en el puerto.

–¿Está vivo? –Preguntó el Trompas asombrado.

–Sí, pero lo han dejado maltrecho y está en silla de ruedas. No quiere hablar. No quiere delatar a nadie, está aterrorizado. Quiero que te encargues en persona del caso, ahora te paso la dirección del sacerdote.

—Por supuesto, señor.

—Otra cosa, ayer por la tarde visitando la capilla de San Charbel, me encontré esté listón junto a otros muchos que dejan los feligreses. Creo que puede ser una pista. Toma lee.

El Trompas agarró el listón y con cara de asombro empezó a leer la inscripción. Aunque lo que más le llamó la atención fue la arracada que estaba prendida al final de la cinta. Se quedó mirando la arracada con todo detalle. Algo en ella le resultaba familiar, como una sombra que se deslizara en la periferia de su memoria y no podíera precisar dónde la había visto. "¿Quién podría usar algo así?", pensó mientras giraba el listón en sus manos, intentando desenterrar ese recuerdo que le esquivaba.

—Esta arracada me parece que la he visto en otro lugar, no me acuerdo, creo reconocerla. —dijo Jesús después de un rato de estudiar atentamente lo que el señor obispo le había mostrado.

—Llévate el listón, quiero al responsable muerto. Sé que no está bien decir eso, pero o acabamos con él o él acabará con nosotros.

—Lo entiendo señor obispo, voy a poner todos los medios para resolver el caso. No se preocupe, le tendré informado. –dijo Jesús antes de despedirse–. Buen día tenga usted.

–Que Dios te bendiga Jesús y que te acompañe en tus pesquisas. –le respondió el señor obispo.

Mientras bajaba los escalones del obispado, la imagen del arete golpeó su mente como un rayo. "La Laguna de Lagartos...", murmuró para sí mismo, el pulso acelerándose. Sabía que había algo ahí, algo más grande de lo que el Obispo se imaginaba. Y si no actuaba rápido, sería demasiado tarde.

VEINTITRÉS

El inspector llegó a su oficina y directamente fue a buscar entre las pruebas del hombre aparecido en la laguna de Lagartos. El depósito de secuestro judicial era un lugar olvidado por la luz. Cajas de cartón apiladas, cubiertas por una espesa capa de polvo, eran testigos mudos de crímenes sin resolver, historias de muerte que nunca encontrarían justicia. El silencio en el aire era pesado, solo roto por el crujido de los zapatos del Trompas sobre el suelo desgastado.

Como el crimen de la laguna era reciente fue muy rápido encontrar el contenedor de cartón, todavía estaba libre de polvo. La caja contenía todas las evidencias halladas en el lugar. Jesús abrió la caja con mucho cuidado, como si fuera un ritual. Nada más abrir la caja vio la otra arracada. Se puso los guantes y la agarró con sumo cuidado. Se quedó mirando la arracada, comparándola con la que había recibido del Obispo. ¿Podría ser...? Se tomó un momento, inspeccionando cada detalle. Sus dedos gruesos trazaron las curvas delicadas del oro, y entonces lo supo. Eran idénticas, estaba claro que era la pareja correspondiente a un mismo juego. Jesús Acuna no era un hombre de detalles finos, aunque sabía cuándo algo no encajaba. Las arracadas, tan delicadas y elegantes, no pertenecían a ese mundo de brutalidad en el que él se movía. Era un hombre de acción, acostumbrado a resolver las cosas por las malas, pero esto... esto lo sacaba de su terreno. Devolvió el arete al depósito de evidencias, cerró la caja y la dejó en el mismo lugar donde la había encontrado. Se sacó los guantes y los depositó en un recipiente que había en la sala para ese cometido. Salió y cerró la puerta sin hacer ruido.

Ya en su despacho, un lugar gris y lúgubre como todas las dependencias del penal, se sentó en su sillón y empezó a darle vueltas al asunto. Sabía que si descubría a quién pertenecían los aretes resolvería el enigma. Pensó en darle un poco de tiempo a su cerebro para atar cabos. Mañana iría a visitar al pobre sacerdote Carlos. Si el Obispo no obtenía respuestas pronto, las cosas podrían complicarse para él. En su línea de trabajo, perder el favor de alguien tan poderoso como el Reverendísimo no era una opción.

Era una mañana gris y el norte seguía azotando la ciudad, manejaba su carro particular para mantener una cierta discreción. Llegó a la dirección que le había proporcionado el obispo y vio una casita muy humilde, a la casa le faltaba una buena mano de pintura, la fachada estaba llena de humedades y grietas.

Llamó a la puerta y enseguida una señora mayor salió a recibirle.

−Buen día señora soy el inspector Jesús Acuna, para servirle.

−Buen día. −respondió la señora−. Que el señor le bendiga y le proteja.

−Lo mismo digo. Vengo a ver al padre Carlos. −dijo el Trompas con un talante afectuoso.

−Pase, tendrá que entrar en su habitación, le cuesta mucho pararse de la cama. −dijo la señora con un semblante muy triste.

La señora le hizo la señal de pasar con la mano que no sujetaba la puerta. Cerró con cuidado de no hacer ruido. Se adelantó al inspector y entró en la habitación de su hijo.

−Carlos ha venido un inspector de policía que quiere hablar contigo. −dijo la madre un poco temerosa, ya sabía que su hijo no quería hablar con nadie.

—No mamá, —dijo con un hilo de voz— no quiero hablar con nadie.

—Hijo no seas así, la policía debe hacer su trabajo. —dijo al mismo tiempo que abría la puerta de la habitación—. Pase, pase, inspector.

El Trompas cruzó el umbral de la puerta con sumo cuidado, no quería asustar más al pobre padrecito.

—Estimado padre López, espero que se esté recuperando de sus heridas. —dijo Jesús a modo de introducción.

El cura no respondió nada, estaba aterrorizado y no pensaba delatar a sus perpetradores.

—Mire padre sé que está en una posición muy delicada, pero hemos de descubrir a los responsables de su ataque, ya no solo es por usted sino por el resto de la comunidad.

—No sé nada. —dijo Carlos con una voz apenas perceptible.

—Cualquier pista sería muy importante para nuestra investigación. El señor obispo está muy preocupado.

—Yo no puedo decir nada. —repitió el cura con la voz cada vez más queda—. No puedo y no quiero decir nada, ya no quiero más problemas.

El inspector pudo ver que el señor estaba aterrado y que sería muy difícil sacarle alguna pista que pudiera llevarles a encontrar a los criminales.

—Le dejo mi tarjeta por si cambia de parecer, tenga en cuenta que otros sacerdotes pueden encontrarse en su misma situación. Que tenga un buen día.

Al salir de la habitación el inspector se despidió afectuosamente de la madre del sacerdote.

—Mi hijo es muy testarudo y tiene mucho miedo, le digo que lo cuente todo y no quiere —dijo la señora.

—No se preocupe, la situación es muy difícil. Le dejo otra tarjeta por si necesita ponerse en contacto conmigo. Que tenga un bonito día —dijo el Trompas con sinceridad.

Se subió al carro y tomó rumbo hacia la ciudad. Pensó que solo le quedaba investigar las arracadas. Se dirigió a la zona del mercado. Quería preguntar a un joyero que hacía pequeños trapicheos para ellos y también les ayudaba con los hurtos de joyas.

Estacionó en la calle Hernán Cortés. Varias de las prostitutas que estaban en la calle, lo saludaron tímidamente. El mercado era un bullicio de voces y colores, un laberinto de puestos y mercancías que parecían querer engullir a quien se adentraba demasiado. Jesús caminaba entre los vendedores de frutas y carnes, pero su destino era un pequeño callejón, lejos del ajetreo, donde Martín, el joyero, tenía su local. Entró en el pasadizo lateral al lado de un hotelito de mala muerte, llegó al final de la callejuela y tras subir unas estrechas y empinadas escaleras encontró el local del joyero. La puerta estaba abierta. El hombre se encontraba detrás de un pequeño mostrador, a través de su sobre de cristal se podían ver algunas joyas y pequeñas herramientas de joyero. El señor tenía puesto en su ojo la lupa. Estaba intentando engarzar unas piedras en una montura de un anillo. Levantó la cabeza y miró al inspector. La visión del joyero con la lupa en el ojo le dió cierto repelús al Trompas.

–Buen día, inspector Jesús. Cuánto tiempo sin verle a qué se debe su grata visita. –dijo el joyero.

–Que tal Martín, pues nada a pedirte algún consejo sobre unas joyas. –respondió el Trompas.

–Usted dirá soy todo oídos. –el hombre contestó con sumo interés.

Jesús sacó un pañuelo del bolsillo de su chamarra, lo puso encima del mostrador y lo desenvolvió con sumo cuidado.

El joyero levantó la lupa con un gesto casi reverencial. Observó la arracada como si sostuviera un pequeño tesoro entre sus dedos.

—Muy fina, —dijo finalmente, y el Trompas notó una pizca de admiración en su voz— esto no lo encuentras en cualquier parte. Yo diría... que es cosa de la capital.

—Pues eso iba a preguntarte. Si sabías donde la pudieron comprar. —dijo el Trompas con cara de desilusión—. Si yo quisiera una joya como ésta, tú dónde me aconsejarías que fuera a buscarla—. Insistió el Trompas.

—Mire señor Jesús, yo le diría que se acercara al Palacio de Hierro en México. —dijo el joyero con sus manos queriendo decir no sé—. No hay muchos lugares donde vendan este tipo de joyas.

—Muchas gracias Martín, veré si puedo sacar algo en claro. Nos vemos. —dijo el inspector empezando a bajar las escaleras.

Salió a la calle y se subió al carro rumbo al penal. El Trompas se pasó todo el trayecto pensando cómo hacer más averiguaciones en México. Él no quería ir, podía levantar sospechas y que otros

cuerpos policiales se hicieran cargo del caso. Llegó a la conclusión que lo mejor era enviar a su secretaria, era bastante putona y estaría encantada de darse un paseo por la capital.
Una vez en su despacho llamó a la secretaria. Aunque era bastante ligera de cascos, era totalmente fiel al inspector.

–Ya te conté sobre la arracada que me dio el obispo. He estado haciendo averiguaciones por Veracruz y me han dicho que es muy fina y que podría ser que se hubiera comprado en el Palacio de Hierro. Tienes que ir, te haces pasar por alguien interesado en comprar unas como esas, a ver que averiguas. –le contó el inspector a la secretaria.

Jesús sabía que podía confiar en su secretaria para moverse con discreción en la capital. Había hecho trabajos más difíciles antes, y siempre sabía cómo manejarse entre los comerciantes y las clases altas sin levantar sospechas. Esta vez, la pista era sólida, pero necesitaría algo más que encanto para obtener lo que buscaban.

–Muy bien señor jefe, con unos buenos viáticos se investiga mejor. –respondió la secretaria.

–Por supuesto, la casa no repara en gastos. Quiero discreción total y si consigues averiguar quien compró esas arracadas te daré un plus de cinco mil pesos. Esos pesos se los pediré al obispo, si le damos algún resultado no tendrá inconveniente en pagar. – dijo el Trompas como más relajado.

–Hecho jefe, no hay más que hablar. Mañana salgo para la capital.

VEINTICUATRO

Era por la tarde cuando la secretaria del Trompas llegó al Distrito Federal. Nada más bajar del autobús, el aire más seco y la altitud de la capital le hicieron sentir un ligero mareo, una diferencia notable comparada con la humedad sofocante del puerto de Veracruz. Fue caminando hasta la pequeña oficina donde vendían los tickets para los taxis controlados. El sonido de sus tacones impactando con el piso le proporcionaba cierto placer, como poderío.

El taxi la dejó en un pequeño hotel cerca del zócalo. El modesto hotel al que llegó tenía una fachada antigua, con balcones de hierro forjado y una recepción que olía a viejo pero limpio. Apresurada subió las escaleras, buscando dejar su maleta antes de dirigirse a su verdadero objetivo, el Palacio de Hierro. Se acicaló de la manera más sexi posible, guardó la arracada en el bolsillo de una preciosa bolsa que le había regalado un "admirador" y partió hacia los grandes almacenes.

Entró en el Palacio de Hierro con un andar elegante, su interior la envolvió con su brillo dorado y sus suelos de mármol. Un contraste absoluto con la austeridad del hotel al que había llegado. Inspeccionó el lugar y fijó en su mente el departamento de joyería. Se dio varias vueltas alrededor del mismo para ver a las personas que estaban a cargo del departamento. Vió que la mayoría eran mujeres, pero pudo localizar a un hombre que en ese momento estaba atendiendo a una clienta. Esperó con paciencia que la clienta se alejara del departamento de joyería y se lanzó con un caminar insinuante hacia donde estaba el vendedor.

–Buenas tardes. –dijo la secretaria.

–Buenas tardes. –respondió el vendedor, con una gran sonrisa dibujada en su cara–. ¿Qué desea señorita?

–Verá apuesto caballero, tengo una amiga a la que le regalaron unas arracadas preciosas y me gustaría saber si aún tienen otro juego para comprárselo. Tengo aquí la arracada, –dijo situando su bolsa encima del mostrador.

—Si me la muestra, por favor —el vendedor cada vez más dispuesto a quedar bien con la linda señorita.

La secretaria abrió la bolsa y con sumo cuidado sacó la arracada.

—Qué maravilla de joya, —dijo el vendedor—. Me acuerdo cuando nos las trajeron para la venta, un trabajo muy fino y muy costoso. No tenemos otro par. Llegaron dos juegos y ya hace tiempo que se vendieron.

—Qué pena, había hablado con mi novio y estaba dispuesto a regalármelas. ¿De ninguna manera se podría conseguir otro juego para mí? —contestó la señorita con una cara muy apenada.

—Podemos intentarlo, si quiere mañana le digo a mi jefe que si puede hacer una gestión con el artesano. Estas arracadas son muy exclusivas y hechas por un artesano muy reconocido aquí, en la ciudad de México.

—Me parece muy bien. —dijo resuelta la secretaria. Regreso mañana y ojalá me des buenas noticias. Por otro lado, le quería decir que no vivo en la ciudad, acabo de llegar de Veracruz. Si usted fuera tan amable y me pudiera acompañar a cenar, no conozco nada aquí en la capital.

—Me pone en un aprieto, señorita. No sé si es apropiado... —dijo, mientras su mirada no podía evitar recorrer su figura—. Pero tal vez... una cena no sería tan grave.

—Si a usted le parece a mí no me crea ningún problema. —contestó la secretaria con una cara como diciendo "tú te lo pierdes".

—Entonces sí le parece podemos quedar a las 9 de la noche en el restaurante Toks. —dijo apresurado el vendedor.

—Me parece, —contestó Amelia, así se llamaba la secretaria—. Allí estaré a las nueve, el primero que llegue que pida mesa. Un placer haberlo conocido.

El vendedor se quedó relamiéndose los labios imaginando lo que le podía deparar la noche. Amelia, giró sensualmente sobre sus tacones y encaró la salida de los almacenes. Mientras caminaba en dirección al hotel iba cavilando cómo podría hacer para averiguar quién compró los dos juegos de arracadas.

Ella llegó antes a TOKS, pidió una mesa en un lugar discreto y esperó la llegada del vendedor. Había decidido que una vez que tuviera al tipo medio engatusado para pasar una noche de lujuria y desenfreno le preguntaría de una vez por los compradores de las arracadas.

Como a los quince minutos se presentó el vendedor, muy arreglado y perfumado. No llegó al extremo de Amelia que se había puesto el vestido más sexy que tenía en su ropero con un escote generoso y la espalda medio desnuda.

–Perdona por la tardanza, he tenido que ir a casa para arreglarme un poco. –dijo el vendedor con carita risueña.

–No te preocupes, acabo de llegar, –contestó Amelia, con cara sensual y una voz melindrosa.

Cenaron de una manera frugal y regaron la cena con un vino exquisito. Ya estaban con un puntito de desinhibición cuando Amelia cruzó lentamente las piernas bajo la mesa, un gesto que sabía era imposible de ignorar. Mientras sus dedos jugaban con el borde de la copa de vino, inclinó su torso hacia él con suavidad, asegurándose de que Juan, el vendedor, no pudiera apartar la mirada de su escote. En ese momento le preguntó: –¿No me vas a invitar a ningún lugar donde haya un poco de intimidad?

Juan contestó balbuciendo: –Me encantaría ... llevar a algún lugar para relajarnos ... a una mujer tan hermosa.

–¿No te acuerdas de quién compró los dos juegos de arracadas? –dijo, como si nada, Amelia.

—No, nosotros no podemos desvelar quién compra las joyas, somos como los curas en confesión, —contestó riendo Juan—.

—Qué exagerado eres. —contestó la señorita riendo y frotando su pie, que previamente se había despojado de la zapatilla, por la pantorrilla de Juan.

—De verdad, lo digo de verdad, es sagrado guardar la intimidad de nuestros clientes. —repitió Juan.

—Pide la cuenta y llévame a algún lugar que podamos intimar un poco. —se apresuró Amelia.

—Encantado —respondió el vendedor con una sonrisa de oreja a oreja.

Al salir del restaurante Juan ofreció su brazo a Amelia que encantada lo tomó con su mano. Caminaron unas cuadras y entraron en un motel bastante lujoso. Juan iba entre ilusionado y temeroso. Tenía miedo de excederse antes de tiempo y echar a perder la noche. Amelia, estaba tranquila sabía a lo que iba y además Juan estaba de muy buen ver y cada vez tenía más ganas de cogérselo.

Una vez en la habitación Amelia, se fue al baño. Juan oyó el ruido del agua al caer. "Se está bañando", pensó. "Yo tendré que hacer lo mismo", siguió cavilando. Esperó un ratito y Amelia salió con un negligé de gasa que dejaba ver todo su cuerpo. En ese momento la erección que se le estaba formando a Juan tomó una potencia que era imposible esconder. Amelia la vió y su cara reflejó una traviesa sonrisa. Juan le dijo que también iba a tomar una ducha. Se desnudó y se puso debajo de la regadera, su miembro erecto no tenía ninguna intención de relajarse. Se secó con una toalla y salió del baño con ella enroscada alrededor de la cintura. Amelia ya estaba en la cama y en la silla más cercana a su lado estaba colgado el baby doll, ese detalle no se le escapó a Juan. Se acostó al otro lado de la cama y tras meterse debajo de la sábana se quitó la toalla. La fragancia de la piel de Amelia llenó el pequeño espacio, y en cuanto Juan se acercó, supo que lo tenía en sus manos. Cada movimiento suyo estaba calculado, cada caricia un paso más hacia su objetivo. Y él, preso de su deseo, no pudo hacer otra cosa que ceder. Cachondearon un buen rato hasta que Juan la penetró con un ímpetu que dejó a Amelia al borde del orgasmo y él eyaculó instantáneamente. Se abrazaron con ternura por unos cuantos minutos. Se fueron a la ducha los dos juntos. Ya debajo de la regadera Amelia le volvió a preguntar sobre las arracadas.

–Cariño no me digas que no me puedes decir nada más sobre las arracadas. –insistió.

–Amelia, cómo eres, ya sabes que no puedo. –respondió Juan.

–Ni un poquito, –le volvió a decir pasándole la mano suavemente por el escroto.

—Una de esas joyas... —dijo Juan, todavía sin aliento—, fue para tu tierra, Veracruz. La compró una mujer increíble, como una muñeca de chocolate. La otra se quedó aquí, en manos de un político. Nunca vi una mujer igual.

Después de vestirse, Juan llamó un taxi, subieron los dos. Mientras el taxi la llevaba de vuelta al hotel, Amelia no pudo evitar sonreír para sí misma. Había hecho lo que debía, y mañana regresaría a Veracruz con una valiosa información. Pero también sabía que estaba jugando un juego peligroso; cuanto más se acercaba a la verdad, más se arriesgaba. El taxi dejó a Amelia cerca del hotel, al despedirse le dijo que mañana volvería a ver si tenía buenas noticias, sin ninguna intención de cumplir.

VEINTICINCO

Amelia, nada más llegar a Veracruz, se dirigió directamente al penal. Cada paso que daba con sus tacones resonaban en el pasillo vacío, mientras seguía dándole vueltas a la conversación con el vendedor. El eco de sus zapatos era lo único que rompía el silencio en el lúgubre edificio. Todo el viaje en el autobús había estado pensando que con esos datos quizás le alcanzáse para cobrar los cinco mil pesos.

Entró casi corriendo al despacho del inspector, sin anunciarse ni nada.

–Tranquila, –le dijo el Trompas–, te vas a matar como te resbales con esas zapatillas.

—Inspector, tengo algo que le va a interesar —dijo Amelia, casi sin aliento—. Hablé con el vendedor en el Palacio de Hierro. Me dijo que uno de los juegos de arracadas lo compró una mujer increíble, alguien de Veracruz... "como una muñeca de chocolate", fueron sus palabras.

El Trompas se puso colorado, las mejillas parecían que se le iban a incendiar en cualquier momento. —Muchas gracias Amelia, déjame solo, voy a cavilar quién puede ser la persona con la información que me has dado.

La secretaria salió inmediatamente del despacho del jefe, no fuera a ser que el incendio la <u>atrapase</u> a ella misma.

El Trompas lo supo de inmediato. Esa "muñeca de chocolate" solo podía ser Fabi. Había soñado más de una vez con ella, y ahora sus deseos se convertían en otra cosa: rabia contenida. Sabía que Fabi estaba involucrada en algo grande, pero no esperaba que fuera tan peligrosa. "Hija de puta, no mames que Fabi es la que le ha dado piso a todos los curitas", pensó Jesús. Había que acabar con ella, eso no iba a ser cosa fácil. Con la mandíbula apretada, Jesús llamó a dos de sus agentes de confianza. —Busquen a Fabi —les ordenó—. Y me la traen aquí, discretamente. Ni Carlos ni el Güero deben enterarse. Si alguien pregunta, díganles que es solo una visita rutinaria —añadió, mientras sus dedos tamborileaban nerviosos en el escritorio

Los dos policías preguntaron a todos sus contactos y nada, algunos decían que Fabi no estaba en Veracruz. Cuando se lo decían al Trompas este se emputaba, qué podían hacer. El Trompas también empezó a hacer pesquisas por su cuenta y no consiguió nada.

Fabi estaba en Managua. Por ese entonces el presidente americano Ronald Reagan estaba interesado en crear un movimiento contrarrevolucionario que se opusiera al Frente Sandinista. La CIA urgió a las fábricas de armas estadounidenses a que negociaran con algún cártel mexicano la venta y envío de las armas para los contras nicaragüenses. El Güero era el que se encargaba del tráfico de armas en Veracruz y a él le había llegado el encargo. Por su porte, por su saber hacer y por su valentía, enviaban a Fabi, ella si hacía falta se llevaba a cualquiera a la cama, siempre y cuando estuviera de buen ver. Cuando las negociaciones eran complejas, o se tenía que sobornar a alguien, Fabi era la persona indicada. A parte de su faceta alocada, Fabiola tenía *un savoir fer* que era difícil de igualar. Ella era la encargada de negociar con los gobernadores, los alcaldes y cualquier jefe policial. Era por así decirlo la relaciones públicas de la organización de Veracruz.

Como no podía ser de otra manera la búsqueda de Fabi por la policía judicial llegó a los oídos de Carlos, que enseguida llamó a su hermano.

—El hijo de la chingada del Trompas está buscando a Fabiola —dijo Carlos.

—Seguro que es por el tema de los curitas, esta cabrona debe estar dándoles piso —contestó el Güero.

—Claro, nos va a joder la puta chamaca. En cualquier caso no podemos permitir que el Trompas la detenga, la querrá matar, el obispo debe de estar acalambrado. —aseguró Carlos con cara de preocupación.

—¿Y qué hacemos?

—No nos queda más que acabar con el Trompas. Si no acabamos con él, él acabará con Fabi. Dile a Saltapatrás que prepare un operativo para secuestrar al Trompas, no quiero que lo maten en la vía pública. —ordenó Carlos.

Los del cartel sabían perfectamente todos los movimientos del Trompas, secuestrarlo era pan comido. Saltapatrás encargó a tres halcones que enlazaran al Trompas a la salida del tugurio dónde iba todos los jueves. Los tres halcones esperaban la salida del Trompas, cada uno en una esquina, haciendo rugir sus motos. Como a las doce de la noche salió, por fin, el Inspector, iba un poco bebido, aunque no demasiado. Los tres halcones salieron a toda velocidad y cada uno con su lazo, capturaron al Trompas como a una res. Momentos después llegó una camioneta, bajaron dos tipos y subieron al Trompas a la batea, no sin antes amordazar su boca.

Los tres motoristas salieron a toda prisa del lugar. En breves minutos el Trompas había desaparecido. La camioneta tomó rumbo hacia la gran casa situada en las montañas cercanas.

Carlos y su hermano ya habían acordado que antes de la llegada de Fabi no iban a matar al Trompas. Sabían de las ganas que le tenía, para ella era un ser repugnante que no merecía vivir.

Decidieron ir a buscar a Fabiola ellos mismos. La llegada de Managua estaba programada para dentro de dos días. Querían que parara con el tema de los curas. Esa situación podía perjudicar y mucho a la organización.

El día estaba muy gris, un día de esos feos. El aeropuerto se veía más triste de lo habitual y las pistas de aterrizaje estaban cubiertas con un ligero manto de agua. Casi todos los vuelos de llegada estaban retrasados, el de Managua también.

–Carlos tranquilízate, deja que yo hable con ella. No podemos emputarla demasiado, sabes bien que no podemos prescindir de ella, su papel en la organización es muy importante. Debemos convencerla poco a poco, le daremos un regalito: que ella misma se deshaga del Trompas –conminó a su hermano Carlos.

–Tiene que hacernos más caso, un día nos pondrá en un aprieto que no podremos solucionar y entonces ¿quién dará explicaciones a Guadalajara? – dijo Carlos intentando calmarse.

Los parlantes anunciaron la llegada del vuelo procedente de Managua. En unos minutos más pudieron distinguir las siluetas de Fabi y Abdul encaminándose hacia ellos. Los recién llegados también pudieron ver a los dos hermanos esperándolos. Aunque les causó mucha extrañeza, Fabi se alegró mucho y empezó a correr hacia ellos tirándose a los brazos de Carlos, intentando besarle en la boca. Gesto que Carlos rechazó con un semblante bastante serio.

–Qué tal fue por Managua. –preguntó el Güero, sonriendo.

–Muy bien, –contestó Fabi– todo ha quedado encarrilado.

–Vamos a la troca, –ordenó Carlos, agarrando la única maleta que llevaba Fabi. Su hermano ayudó a Abdul que estaba cargado como un burro.

Salieron de la terminal y se dirigieron al estacionamiento. Cargaron todas las pertenencias y Carlos le dijo a Abdul que manejara.

Al principio de la conducción la conversación fue distendida. Fabi iba explicando diversas anécdotas del viaje. Cuando dejaron la capital atrás, y estaban en la carretera que les llevaría a Veracruz;

Fabi preguntó a qué se debía que los super jefes se hubieran dignado en ir a buscarlos al aeropuerto.

—El Trompas te anda buscando. —dijo calmadamente el Güero—. Tú sabrás por qué.

—¿Qué quieres decir? —contestó Fabi.

—¡Coño, Fabi, nos tienes hasta los huevos con los putos curitas! —dijo Carlos exasperado.

—Ustedes siempre, ¡chingue y chingue!, por darle piso a unos cuantos sacerdotes de mierda, ¿quién les iba a hacer justicia a los pobres padres? ¿La iglesia?, ni madres, ¿y las autoridades?, mucho menos, todos embarrados. Si hubieran escuchado a los padres de los niños, seguro que no me hubieran estado chingando; solo pensar cómo trató el maricón del obispo a los padres aún me da náuseas. Además, nunca maté a nadie que no se lo mereciera, todos los que me chingué se lo ganaron a pulso.

—Nos da lo mismo lo que digas o lo que pienses, nosotros debemos velar por la seguridad de la organización y tú con todas tus mamadas la pones en riesgo. —contestó el Güero, que era el jefe directo de Fabi.

Y Carlos replicó. —Ya no puedes matar a ningún cura más, ¿entendiste Fabiola?

—Con las ganas que tengo de matar al obispo no sé si podré. —contestó Fabi.

–Por supuesto que vas a poder, es una orden. No hagas que te abofetee delante de todos. –dijo Carlos–. Y el obispo es intocable haga lo que haga.

Abdul miró por el retrovisor, estaba enfadado y pensó "que hasta ahí podían llegar". Fabi vió la mirada de Abdul y prefirió permanecer callada. El ambiente dentro de la camioneta se iba haciendo denso, casi irrespirable. Pasó como una hora cuando el Güero inició una nueva conversación.

–Tenemos al Trompas encerrado en la casona. Te lo hemos dejado a tí para que saldes cuentas. Hay que acabar con él o él acabará contigo.

Después de un largo silencio Fabi habló.

–Por lo menos una buena noticia. Hace tiempo que me hubiera gustado abaratar a esa rata inmunda.

Siguieron hasta Veracruz, en silencio, un silencio tenso, roto en contadas ocasiones. Todos estaban tristes, cada uno a su manera. Al llegar a Veracruz, Fabi y Abdul bajaron de la camioneta en casa de Fabi y los dos hermanos continuaron a la suya. Habían quedado que al día siguiente Fabi haría una visita al Trompas.

Abdul se levantó muy temprano y llamó a Fabi. La mañana estaba fresca y el norte bufaba con furia. Ya había preparado el desayuno cuando Fabi apareció en el salón. Comieron tranquilamente y

Abdul le dijo a Fabi que los muchachos ya estaban esperando en la casa del cerro.

Nada más entrar en la casa, los sicarios saludaron a Fabi y a Abdul, con una mezcla de respeto y cariño. Hacía unas semanas que no estaban con ellos. Los muchachos se sentían un poco huérfanos.

–Saquen al asqueroso ese y me lo sientan en la silla en el centro de la sala –ordenó Fabi.

Fabi se metió en un cuarto donde guardaba cosas suyas. Se quitó la ropa despacio, cada prenda caía al suelo como si una serpiente mudara su piel. Sacó un traje de charol negro que abrazaba cada curva de su cuerpo, y lo ajustó con una precisión fría. Las botas de charol, con cordones rojos, le llegaban hasta las rodillas, completando una figura que parecía salida de una pesadilla. Agarró la fusta y sonrió con malicia, mientras se dirigía a la sala de torturas. El Trompas aún vestido ya estaba sentado en el centro de la sala.

–Quítenle la ropa. –dijo Fabi con un tono neutro.

El Trompas, nada más ver a la mujer se orinó encima.

–No te orines cabrón, todavía no hemos empezado. Mírate ahora, Trompas. –dijo Fabi, caminando lentamente alrededor de la silla–. ¿Con ese pellejito creías que podías dominar a este "viejorrón de mujer"? Seguro que alguna vez soñaste con ponerme de rodillas... pero la vida da vueltas, y ahora soy yo quien tiene la fusta —su voz goteaba con una mezcla de sarcasmo y desprecio

Fabi siguió dando vueltas alrededor de la silla donde habían colocado al Trompas. Al mismo tiempo que blandía la fusta en el aire.

—Me lo voltean para que las nalgas le queden a la vista, —ordenó Fabi.

Nada más voltearlo Fabi le dió un latigazo que dolió a todos los presentes. El Trompas gritaba desconsoladamente. Otro latigazo, más gritos. Y otro latigazo más, los gritos más apagados. Otro latigazo más y se hizo el silencio. Los sicarios, acostumbrados a la violencia, intercambiaron miradas nerviosas mientras Fabi comenzaba su ritual con el Trompas. Cada golpe de la fusta resonaba en la sala, y aunque habían presenciado muchas torturas, sabían que esta sería diferente. Había algo en la manera en que Fabi se movía, en cómo disfrutaba del poder, que les hacía sentirse inquietos.

—Me lo voltean, que se le vea el pellejito. Dame la faca Abdul.

El Trompas, apenas consciente, sintió una punzada aguda en la entrepierna. Gritó, pero su voz fue sofocada por el dolor insoportable. Miró hacia abajo solo para ver cómo Fabi sostenía su pene con una sonrisa maliciosa. —¿Esto es lo que querías usar conmigo, Trompas? —le susurró al oído, antes de introducirlo en su boca ensangrentada.

Fabi se acercó al tambo de ácido y, con un gesto despectivo, lanzó el cuerpo inerte del Trompas en su interior. El sonido del ácido chisporroteando llenó la sala, mientras la carne comenzaba a descomponerse al instante.

—No quiero que quede ni rastro de esta sabandija. –ordenó, dando la espalda al barril con una frialdad que estremeció a todos los presentes–. Entró en el cuarto, se cambió de ropa y el traje que había usado para la tortura lo tiró dentro del tambo. Al mismo tiempo que decía:

—Esto es lo más cerca que estarás de mí.

VEINTISÉIS

El sonido de los tacones de Fabi resonaba en los pasillos vacíos del obispado. La luz tenue de las lámparas apenas iluminaba las paredes, adornadas con retratos de santos y crucifijos dorados que, en ese instante, parecían ser testigos silenciosos de lo que estaba por suceder. Fabi caminaba con paso firme, decidida, cada latido de su corazón acompasado por una furia contenida que había acumulado durante semanas. Abdul la seguía a unos pasos de distancia, como su sombra inquebrantable.

El reverendo obispo se encontraba en su despacho, absorto en la lectura de un pasaje bíblico. No esperaba visitas a esa hora, mucho menos de Fabi.

Cuando la secretaria le anunció la llegada de la mujer, levantó la vista con una mezcla de desconcierto y molestia.

—Déjala pasar —ordenó, fingiendo calma.

La puerta del despacho se abrió lentamente, y Fabi apareció en el umbral. Vestía de negro, como si el luto que traía en su interior estuviera reflejado en su ropa. Al verla, el obispo esbozó una sonrisa que pretendía ser amable, aunque sus ojos delataron inquietud.

—Hija, ¿a qué debo esta visita? —dijo con tono paternal, levantándose para recibirla.

—Siéntese, su Excelencia —interrumpió Fabi, sin perder tiempo en cortesías. Su voz era fría como el acero, sin un atisbo de respeto. El obispo parpadeó, sorprendido, pero obedeció.

Fabi cerró la puerta tras de sí con suavidad, dejando a Abdul fuera del despacho. En cuanto la madera se selló, el aire se volvió más pesado, cargado de una tensión que parecía latir en el silencio. Fabi avanzó con lentitud hacia el centro de la sala, cada paso que daba sonaba como un latigazo en el alma del obispo.

—¿Por qué estás aquí, hija? —repitió el obispo, intentando recuperar la compostura.

Fabi lo miró durante unos segundos, evaluándolo, como si fuera una presa que estuviera decidiendo si devorar o no. Finalmente, rompió el silencio.

—Estoy aquí porque ya no voy a permitir que sigas buscando al "culpable" de las muertes —dijo, con un tono que no admitía réplica—. El culpable está sentado frente a mí.

El obispo se quedó inmóvil, el sudor comenzó a perlar su frente.

—¿De qué hablas? —balbuceó, intentando mantener la fachada.

—No lo entiendes, ¿verdad? Tú eres el verdadero monstruo —continuó Fabi, avanzando lentamente hacia su presa—. No te ensucias las manos, no... eso es para otros. Pero eres tú quien protege a esos malditos, a los que destruyen vidas. Eres tú quien cierra los ojos y da cobijo a esos perros que se hacen llamar sacerdotes.

La expresión del obispo cambió. Ahora ya no había desconcierto, solo un miedo latente, que empezaba a brotar como una herida abierta. Sus labios temblaban.

—¡No tengo nada que ver con esas muertes! —exclamó, con un intento desesperado de sonar convincente.

Fabi lanzó una risa seca, que retumbó en las paredes del despacho.

—No te atrevas a mentirme —dijo, la voz de Fabiola era afilada como un cuchillo—. He tenido que mancharme las manos de sangre por tu culpa. Cada uno de esos malditos murió porque tú los protegías. Porque tú preferías el poder, las apariencias... a la justicia. ¡A la verdad!

El obispo se levantó, tambaleándose, y sus rodillas estaban a punto de fallarle.

—Hija, yo... yo siempre he intentado hacer lo mejor para la Iglesia, para la comunidad. No... no sabía...

—¡Basta! —gritó Fabi, golpeando con fuerza el escritorio del obispo. Los papeles volaron, y el sonido resonó como un trueno en la habitación—. No voy a matarte, aunque ganas no me faltan. Si fuera por mí, te haría padecer lo que esos niños sufrieron. Pero Carlos... la organización no me deja.

La mención de Carlos fue suficiente para que el obispo entendiera lo que estaba en juego. Su rostro se tornó pálido, y dio un paso atrás.

—Tienes suerte —continuó Fabi, con su voz bajando a un susurro mortal—. Tienes suerte de que no pueda hacerte lo que te mereces. Te lo voy a decir claramente: deja de buscar a los culpables. El único culpable eres tú. Si vuelves a mover un dedo para encontrarme, si vuelves a intentar algo, te juro que ni Carlos ni nadie podrá salvarte.

El obispo intentó hablar, cuando su voz se quebró en mil pedazos. Fabi lo miró con desprecio, ese mismo desprecio que había guardado durante tanto tiempo, y dio un paso más hacia él.

—Eres un ser despreciable. Usas tu sotana para ocultar la podredumbre que llevas dentro. Tu silencio y el de la iglesia son cómplices de todos los abusos. Quiero que sepas algo... Yo no tengo miedo. Tú... sí deberías tenerlo. Y cada vez que te arrodilles a rezar, quiero que te acuerdes de mí, de lo cerca que estuviste de morir. Porque si alguna vez vuelves a cruzarte en mi camino, yo misma te mandaré al infierno.

Fabi se dio la vuelta, su espalda erguida, su mirada decidida. Caminó hacia la puerta con la misma firmeza con la que había entrado. Antes de salir, se detuvo, miró por encima de su hombro y dijo:

—Reza, obispo. Reza para que nunca vuelva.

Con esas palabras, Fabi salió del despacho, dejando al obispo hundido en su propio miedo y desesperación. Afuera, Abdul la esperaba, como siempre, su leal sombra.

—Nos vamos —dijo Fabi, mientras el viento del puerto les daba la bienvenida.

JOAN CARLES GUISADO